虚子は戦後俳句をどう読んだか

埋もれていた「玉藻」研究座談会

編著——筑紫磐井

深夜叢書社

まえがき

　高浜虚子は、星野立子の主宰する「玉藻」で行われた若手たち（上野泰、深見けん二、清崎敏郎、藤松遊子ら）による「研究座談会」（昭和二十七年十二月号から開始）に、昭和二十九年四月号以後立子とともに参加している。この研究座談会は虚子が倒れる三十四年四月まで（雑誌の連載としては三十四年八月号まで）続いており、虚子最晩年の俳句に対する考えを知る上でも貴重な資料である。内容は、俳句本質論や回顧談、ホトトギスや玉藻の雑詠評など広範であるが、特に、昭和三十年八月号以降からはホトトギス外部作家たち（ホトトギス離脱後の作家も含めて）の作品批評を連続して行っているのである。

　これは一種の「虚子による戦後俳句史」と位置づけることが出来るであろう。そこで本書では、「研究座談会」の虚子の発言のみを抜粋して紹介したい。論評された作家としては、飯田蛇笏に始まり、秋桜子・誓子らの４Ｓ、草田男・楸邨・波郷の人間探究派、草城・不死男・静塔・三鬼らの新興俳句、龍太・兜太・欣一・太穂・登四郎・重信らの戦後派（社会性俳句、伝統派等）とほぼ万遍なく戦後作家が網羅されている（漏れているのは澄雄、六林男と源義ぐらいであろうか）。もちろん、風生、青邨、青畝、立子、たかし、杞陽らホトトギスの代表作家も含まれている。実は、虚子が書いた俳句通史としては、『俳句読本』（昭和十年刊）に「俳句史」というものがあるが、これは宗鑑以来昭和初期まで、ただし誓子や素十はあるが秋桜子や草城は抜けていると いう過渡的なものになっている。おまけにそれは昭和初期の作品までしか対象としていないので、「虚子による戦後俳句史」が入ることで、虚子の歴史観をおおむねたどることが可能となると思われるのである。

このように見てきた4S・新興俳句・人間探求派・社会性俳句という区分から、まずは虚子は原理主義的に一網打尽でこれらを否定するのかどうか、というところに関心があった。なぜならばこれらの作家は虚子が主唱した「客観写生」や「花鳥諷詠」から遠く離れているように見える人々であるからである。しかし、「研究座談会」を見てみると意外な結論に驚く。保守頑迷と思っていた虚子が、これらのグループを一律に否定することもなく、またそれぞれの中のグループの作家の作品を細密に鑑賞したうえで、よしとするものと否とするものを分別した。それは、ホトトギスの作家たちについても同じであった。こうした見方をすると、この鑑賞を通して虚子という俳人の新たな姿が浮かび上がってくるように思う。特にその用語にこだわれば、彼らに対する独特な虚子の「批評用語」を発見することができると思うのである。それは単純な趣味のようにしか見えないものもあるが、それでも日ごろ我々が虚子というとすぐ思い出す「客観写生」や

「花鳥諷詠」などの金科玉条とは違った批評用語であった。もちろん、研究座談会では「客観写生」や「花鳥諷詠」に関する最終的な見解も披露されているが、珍しいのはどうしても、現代作家の作品批評なのである。

例えば、

虚子　私は、よき俳句の批評は、よき解釈だと思つてゐる。この句は、どういふことを言ひ表してゐるのだと言へば、それが、もう、批評になつてゐる。俳句の面白味は、或程度説明してやらないとわからない。解釈をして、始めてわかる人が多い。だが、その句が表現してゐる限界を越えて、説明するのは、よくない。世間には、往々、さういふ句解がある。私は、昔から、ずいぶん批評もしたが、寸評といふこともした。寸評は、その句の面白味を端的に示唆するものだ。其寸評を得てその句は生きる。子規は悪い句を攻撃した。それも、『この句は拙い』といつて、理由は言はぬ。私は悪い句、拙い句は問題にしない。問題にしないことによつて、作者は考へるだらうと思ふ。私は好い句を取り上げる。私が其句をよいとする理由は斯ういふ風に解釈するからだといふことを説明する。

（「玉藻」昭和三十年四月号「研究座談会」第二十四回）

しかし虚子は「研究座談会」にあっては、この方針と異なり、多くの作家の句を悪い句とし、その問題をあげつらっている。それは虚子の信者でない人には、悪いとする理由を説明しないでは納得させられないからだ。これは虚子にとっては珍しい体験であった。

ここでわれわれは、虚子を通して、俳句を批評すること、俳句を解釈することを学ぶことができる。もちろん虚子が全面的に正しいとは言わない。しかし戦後の俳句の読解力の衰退を補うためには、明治・大正・昭和の知恵をぜひ学んでみることが必要だ。なぜなら現在我々は「その句が表現してゐる限界を越えて」解釈・批評しすぎてしまっていると思われてならないからである。

本書は殆ど資料集である。虚子の出来るだけ正確な言説の記録が眼目であり、それにわずかながらの私のコメントを加えたにすぎない。虚子研究といいながら、本書での論考は勢い不十分にならざるを得ないが、それはむしろこの際読者諸氏に「研究座談会」を読んで考えていただきたいと思っている。私としては、本書に先立ち『伝統の探求』と『戦後俳句の探求』(いずれもウエップ刊)という少しく矛盾したテーマで執筆をしているが、本書が目指した、虚子への新しいアプローチと、一方で戦後俳句の批評の見直しとに通じるものがあると思っている。明年、虚子没後六十年を迎えるに当たっての新しい第一歩となるだろう。

最後に、「玉藻」に掲載された貴重な資料の活用を快く許諾していただいた「玉藻」の星野椿名誉主宰・高士主宰、「研究座談会」に直接参加された貴重な体験を座談会や資料提供でご支援いただいた「花鳥来」主宰深見けん二氏、拙い論考を四年にわたり雑誌「「夏潮」別冊・虚子研究」に掲載していただいた本井英氏、そして掲載の最初からこのような企画を激励していただいた深夜叢書社の齋藤愼爾氏に深く感謝申し上げる。また、本書では直接言及はしていないが、晩年に親しくご指導いただき御著書のお手伝いをさせていただいた文芸学者・児童文学研究家の西郷竹彦氏（昨年六月に九十七歳で亡くなられた）には「解釈」に関する様々なご示唆をいただいていたことを申し上げたい。

筑紫磐井

平成三十年二月

❖虚子は戦後俳句をどう読んだか　埋もれていた「玉藻」研究座談会　目次

装丁　高林昭太

虚子は戦後俳句をどう読んだか

埋もれていた「玉藻」研究座談会

筑紫磐井＝編著

序章

1. 虚子の生涯

虚子は、明治七年、池内政忠の五男として愛媛県温泉郡（現松山市）に生まれた。本名清、幼年に母方の祖母の実家高浜家の姓を継いだ。明治二十四年、同窓の河東碧悟桐を介し正岡子規の知遇を得る。第三高等学校（京都）に入学、後第二高等学校（仙台）に編入するも退学し、子規のいる東京へ赴く。既に明治二十年代末には碧梧桐と並ぶ子規門の双璧と称せられた。次の句は「明治二十九年の俳句界」で子規が推奨した句である。

赤い椿白い椿と落ちにけり　碧梧桐
盗んだる案山子の笠に雨急なり　虚子

そうした中で、柳原極堂が明治三十年に松山で創刊した子規派の俳句雑誌「ほとゝぎす」が経営困難に陥り、明治三十一年からは東京の虚子がこれを継承し、「ホトトギス」の発行は虚子終生の事業となった。

明治三十五年子規の死去を境に碧梧桐と対立、新聞「日本」を中心とした碧梧桐は新傾向俳句をとなえ全国俳句界を制覇した。一方、虚子は殆ど俳句から撤退し、「ホトトギス」は文芸雑誌となっていった。この間「ホトトギス」では、「吾輩は猫である」「坊っちゃん」が掲載され、夏目漱石の文名を一躍高めた。やがて明治四十五年に「ホトトギス」に雑詠欄を復活させ俳句雑誌としての復活を目指し、ようやく飽きられてきた新傾向俳句に代わって「ホトトギス」は俳句界の中心となる。

以後、大正初期からは「平明余韻」をとなえて渡辺水巴、村上鬼城、飯田蛇笏、原石鼎、前田普羅などの俳人を世に送り出す。大正後期からは「客観写生」をとなえ、水原秋桜子、阿波野青畝、山口誓子、高野素十らの4Sを輩出する黄金時代を迎える。新傾向俳句に対して虚子の勝利がはっきりした時期であり、碧梧桐はやがて俳壇を引退する。

たとふれば独楽のはぢける如くなり　　虚子

しかし昭和三年に「花鳥諷詠」を明らかにすると、昭和六年、秋桜子が俳句観の相違により「馬酔木」に『自然の真』と『文芸上の真』」を発表し「ホトトギス」を離脱した。ここに新興俳句の時代の幕が切って落とされるが、虚子はこうした運動に対し超然とした態度をとり、この間も中村草田男、川端茅舎、松本たかしなどの作家を育てた。

戦争の進行に伴い、日本俳句作家協会会長、やがて日本文学報国会俳句部会長を務めたが、昭和十九年にもなると戦時色も濃くなり虚子は長野県小諸市に疎開した。戦中から戦後の活動は小諸を中心に行われる。

やがて、昭和二十二年に鎌倉へ復帰する。昭和二十六年、病気となったことから「ホトトギス」の雑詠選を高浜年尾に譲り、活動の中心を次女星野立子の「玉藻」に移す。この間、昭和二十二年から新人会、また新人たちとの夏行や研究座談会等により「ホトトギス」系の戦後世代を育成する。

昭和二十五年からは朝日俳壇の選者を務め、昭和三十年四月から隔週「虚子俳話」の連載を始めた。昭和二十九年には文化勲章を授与され、昭和三十四年四月鎌倉の自宅で死去した。享年八十五。墓は神奈川県鎌倉市の寿福寺にある。

戦後の話題としては、桑原武夫による第二芸術論争には「俳句も第二芸術になりましたか」と言い、また新聞記者からの戦争の俳句に及ぼした影響についての質問に「俳句は何の影響も受けなかった」と答え、その怪物ぶりを遺憾なく発揮した。

主要な作品を上げる。

遠山に日の当たりたる枯野かな

桐一葉日当たりながら落ちにけり

白牡丹といへども紅ほのか
帚木に影といふものありにけり
流れ行く大根の葉の早さかな
大いなるものが過ぎ行く野分かな
手毬唄かなしきことをうつくしく
山国の蝶を荒しと思はずや
初蝶来何色と問ふ黄と答ふ
人生は陳腐なるかな走馬灯
去年今年貫く棒の如きもの
春の山屍をうめて空しかり

虚子の著作はその類のない俳人としての経歴の長さから、句集に『五百句』『五百五十句』『六百句』『六百五十句』『句日記』『小諸百句』等、小説・散文に「風流懺法」「俳諧師」「虹」「漱石氏と私」等、俳句鑑賞に『進むべき俳句の道』『俳句は斯く解し斯く味ふ』等、俳話に「立子へ」「虚子俳話」等多数あり、そのほか多くの歳時記、入門書等も出し、数次にわたり全集が刊行された。

虚子の子供の高浜年尾（長男。「ホトトギス」承継）、星野立子（次女。「玉藻」創刊）、高木晴子（五女。

「晴居」創刊）、上野章子（六女。夫上野泰の創刊した「春潮」を承継）、兄の子の池内たけし（「欅」創刊）らも俳人の道を歩んだ。

2. 戦後虚子の著述

本編で取り上げる「研究座談会」の位置づけを知るために、戦後の虚子の俳句論を上げる。虚子の晩年の思想は次の著作によってほぼうかがい知ることができる。

(1) 昭和三十年一月岩波書店刊『俳句への道』

「俳句への道」「俳句」「俳諧」「研究座談会」の四章からなっている。しかしながら各章は、それぞれ「玉藻」で行われた連載を組み入れたものであり、必ずしも体系化されてはいない。

①「俳句への道」は「玉藻」「俳句入門総論」（昭和二十七年六月～九月）として掲載。五編からなり、日本の文学としての俳句のなりたち、ハイカイ詩との比較、花鳥諷詠、四季の循環、日本の俳句の特徴を述べている。

②「俳句」は「玉藻」「虚子俳話」（昭和二十七年一月～二十九年十月）として掲載。三十七編からなり、その各編も多くは断章の集積となっている。その意味では、元の連載の原題名の「虚子俳話」

同様、朝日新聞連載の「虚子俳話」（昭和三十年四月十日〜三十四年四月五日）とその形式も内容もよく似ている。

③「研究座談会」は「玉藻」「研究座談会」（昭和二十九年四月〜三十四年八月）所収の虚子の参加した五回分［第十三回二十九年四月号、第十四回五月号、第十五回六月号、第十七回八月号、第十八回九月号）］。「研究座談会」の詳細は後述する。

④「俳諧」だけは書き下ろし稿となっている。連句の解説であり、芭蕉七部集の「冬の日」「ひさご」「猿蓑」から、歌仙五編を付録として掲げている。

(2)（未刊）「玉藻」「研究座談会」

研究座談会の発足については後で述べるので省略する。第一回は昭和二十七年十二月号の「玉藻」に掲載された。当初のメンバーは、ホトトギス新人会に属していた中から抜擢された上野泰、清崎敏郎、湯浅桃邑、深見けん二と笹子会の藤松遊子であったが、第十三回の二十九年四月号から高浜虚子、星野立子が加わり、虚子没年の第七十六回の三十四年八月号まで続いた。なお、この研究座談会は虚子没後も続き、五十九年五月号まで「玉藻」では掲載された。

その内容を、仮りに四つの部に分けてみる。

●一〜十二回（パート1）

虚子は不参加であるが、当時のホトトギスで関心のもたれた問題が取り上げられている。虚子が企図した「若い人々の俳句理論を組み立てん為の研究の座談会」の趣旨に添ったものであり、深見けん二の「聞き書き」によれば虚子もそのやりとりに関心を持ち、時に虚子が指示したテーマが取り上げられたこともあったらしい。一年余座談会を続けることにより、虚子が参加する機運が醸成されたのである。

●十三～二十七回（パート2）

ここから虚子が参加する。しばらく、第一部の話題と似たものが多いが、虚子が参加することによって議論が深まりを見せている。内容は、①明治俳壇の回想（周辺芸術や人物を含む）、②当時の俳壇で話題となった論争（俳人格、挨拶と滑稽など）、③ホトトギス・虚子の俳句論に関する議論（客観写生、抽象と象徴、写生など）である。

特に「当時の俳壇で話題となった論争」が取り上げられていることから、ホトトギス派以外の作家を鑑賞する契機ともなったようである。

●二十八～六十一回（パート3）

主に現代作家の作品鑑賞となっている――本書の第二章から第八章が対象とした「虚子の戦後俳句史」である。取り上げた作家は六十三名（茅舎のような物故者も含む）。現在我々の知る当時の著名作家で洩れているのは、中村汀女、橋本多佳子、久保田万太郎、安住敦、森澄雄、藤田湘子、石原八束、香西照雄、鈴木六林男、角川源義などである。

●六十二～七十六回（パート4）

虚子がなくなる直前までの座談であり、主に立子『実生』年尾『年尾句集』虚子『句日記』などホトトギス系の個人句集や「ホトトギス」「玉藻」の雑詠鑑賞となっている。

(3) 昭和三十三年二月東都書房刊『虚子俳話』・三十五年四月東都書房刊『虚子俳話続』

「虚子俳話」は朝日新聞紙上に一〇三回（昭和三十年四月十日～三十四年四月五日）にわたり断章的に連載された記事である。連載中に『虚子俳話』（「壺中の天地」まで七十二章）が刊行され、虚子没後『虚子俳話続』（「割切った」から残りの三十一章及び遺稿二章その他紀行文）が刊行された。現在ホトトギス社から合冊した完本が出ている。今日『虚子俳話』という場合はこの合冊版と見てよいだろう。

様々な話題が提供されておりそれを体系化して述べるのは難しい。虚子没後、研究座談会で四回（第一二一回～一二四回）にわたり「虚子俳話」に関して座談会を行い、「虚子俳話」の記事を次の項目に分類して研究を行っている。参加した四人（星野立子、清崎敏郎、深見けん二、藤松遊子）は虚子にもっとも身近であり、かつ虚子が理論究明をするために選んだ研究座談会メンバーであり、五年にわたり議論を行った人々であるだけに参考とする価値があると思う。彼らによれば、テーマは①季題に関するもの、②格調、調子、リズムに関するもの（単純化・具象化を含む）、③写生に関するもの、④俳諧性、内容に関するものに分類される。

項目数の多少が重要性を示すわけではないが、意外なのは、「花鳥諷詠」「存問」が大きな項目としては存在していないことである。「花鳥諷詠」はまだしも季題論と密接不可分であろうが、しかし季題以外の部分は読者が想像するしかないし、「存問」は虚子が口を酸っぱくして説いているわけではないようである。

⑷『立子へ』

「玉藻」の創刊された昭和五年から三十四年まで「玉藻」に連載された断章であり、既に戦前の十七年五月桜井書店から出された。その後の記事を含めては虚子没後かなり経過した五十年八月東京美術から一本にまとめて出された。更に、平成十年二月には、岩波書店から『立子へ抄』が出された。内容は、随想を除くと「虚子俳話」に似た内容・形式のものが多い。

＊

以上で明らかなように、虚子の俳句論に関係するまとまった著作で、雑誌・新聞掲載後単行本として刊行されていないものは⑵「玉藻」「研究座談会」だけである。

虚子の晩年の言説が、まとまったものとしては⑴『俳句への道』所収の論（昭和二十九十月）が最後であり、それ以降のものとしては断片的で誤解を招きやすい⑶「虚子俳話」⑷「立子へ」に止まるところから、⑵「研究座談会」は貴重な資料といわねばならない。

3. 虚子と戦後新人の関係

本書で対象としようとしている「研究座談会」は、戦後新人との関係で生まれている。しかしそれは研究座談会にとどまらず、それ以前の新人育成のプロセスも併せて知ることにより虚子の意図も伺えるものである。以下は専ら深見けん二氏の「虚子先生聞き書き」（「春潮」平成二年十月号～三年三月号）「証言・昭和の俳句／深見けん二」（「俳句」平成十二年四月号）「わたしの昭和俳句」（「俳句研究」平成十四年七月号～十二月号）を再構成したものである。

◉ホトトギスの新人

戦後のホトトギスの新人として昭和二十一年十二月号雑詠巻頭としてデビューしたのは野見山朱鳥であるが、虚子を巡る集団としての戦後の新人たちとの直接の接触の場は限られていた。一つは、「新人会」である。上野泰、湯浅桃邑により、二十二年一月五日に丸ビルホトトギス発行所で句会を開いたのが最初とされる。新人会の作品は虚子が後で選をした。虚子が鎌倉に戻って以後は虚子に繫がることができた幸運な若手グループであった。メンバーは、上野泰、湯浅桃邑、清崎敏郎、深見けん二、真下ますじ（虚子の長女真砂子の長女玲子の婿）、岡部啾々、齋藤庫太郎、松井紫花、山口伯尾、大森うまし、波多野郊三（波多野爽波の弟）の十一人に限定されていたのが特徴である。

　こうした新人会とは別に、後に立子の下で「笹子会」という若手の会が持たれた。メンバーには今井千鶴子、高田風人子、成瀬正とし、藤松遊子らがおり、その後嶋田一歩、摩耶子らも加わった。

　東京中心の新人会と並ぶもう一つのホトトギスの若手の会は、京都の「春菜会」である。京大ホトトギス会の伝統を継いで、波多野爽波を中心に昭和二十二年六月二日から、句会が開始された。二十八年には波多野爽波の主宰誌「青」が創刊されている。ここに大峯あきら、安原葉、千原草之らがいた。春菜会と新人会は東西対抗で、虚子の選を受け、その成果は「玉藻」に掲載されている。

　これらと別に、新人に限ったものではないが虚子が小諸で始めた稽古会という会があった。昭和二十五年からは、虚子の下に集まる新人会、春菜会（途中からは笹子会も加わり）の若手の句会として鎌倉、山中湖、神野寺で毎夏三日間句会が開かれるようになり「稽古会」と呼ばれ、三十二年まで続いた。

　研究座談会を理解するためには、虚子や立子の、このような新人との人脈を考えておく必要が是非ともある。新人会と笹子会から研究座談会は生まれるからである。

＊

ホトトギスの新人登場の環境を理解するためには、ホトトギス外の状況も知っておいた方がいい。例として「馬酔木」を挙げよう。ホトトギスの新人会は昭和二十二年一月に開始するが、ほとんど同時期の二十二年八月に「馬酔木」でも新人会が作られる。藤田湘子が若手に先がけて「馬酔木」の巻頭を取り、その湘子を中心に能村登四郎、林翔らも加わって新人会が生まれたのである。大島民郎、水谷晴光、岡谷公二や、今では忘れられている、秋野弘、五十嵐三更らが犇めいており、秋桜子の支援を受けて「新樹」（発行人藤田湘子）という機関誌まで刊行していた。若い人を育てないと結社が維持できないという認識は虚子にしても秋櫻子にしても共有していたのだろう。

ただ、ホトトギス系の新人の育て方と、馬酔木の新人の育て方は少し違ったようだ。ホトトギスの新人会はメンバーも固定化しかなり長く続いたようだが、馬酔木の新人会は発足後三年ほどで解散消滅している。それは、馬酔木では新人会で頭角をあらわした若手たちを自選同人にあげてしまい、幹部待遇としたからだ。それがちょうど現代俳句協会が戦後派世代を受入れはじめたころと符合しており、結社の若手幹部となることが現俳協の幹事になる近道となったのだ。要するに早く育てて幹部にしてしまう。馬酔木の人たちから見ると、三十年代には、既に加藤楸邨・石田波郷の次の馬酔木の代表作家が藤田湘子・能村登四郎と見えていたはずである。

◉研究座談会が始まるまで

そもそも、昭和二十六年に「ホトトギス」雑詠選を正式に譲ってから、虚子は「玉藻」の編集に熱心となった。「玉藻」編集員の今井千鶴子にも寝ても覚めても編集のことを考えよと指示をしたといわれている。これは虚子自身のことであったかもしれない、なぜなら「玉藻」の新しい企画が虚子自身から多く行われていたからである。それはさておき、この時千鶴子が考えた新企画の中に、「ホトトギス」の俳句を理論的に考える座談会というものがあり、虚子はそれを採用し、新人会と笹子会メンバーを中心とした上野泰、清崎敏郎、湯浅桃邑、深見けん二、藤松遊子の五名に行わせることとした。その第一回が「玉藻」二十七年十二月号に掲載されることとなったのである。メンバーは次の通りである。

●上野　泰……大正七年六月～昭和四十八年二月。立教大学卒業。家業の上野運輸会社に勤務。高浜虚子六女章子と結婚。胸部疾患による闘病生活を送る。昭和二十六年「春潮」創刊。句集に『佐介』『春潮』など。

●湯浅桃邑……大正八年二月～昭和五十六年四月。旅順工科大学機械工学科卒業。ホトトギス社に入社。句集に『虚子信順』『離島行』。

●清崎敏郎……大正十一年二月～平成十一年五月。慶應義塾大学文学部卒業。慶應義塾中等部・大学・大学院で教鞭を執る。富安風生の「若葉」に入り、高浜年尾・虚子の指導を受ける。昭和五十四年「若葉」主宰を承継。句集に『安房上総』『島人』『東葛飾』など。

●深見けん二……大正十一年三月～。東京帝国大学工学部卒業。日本鉱業入社。平成三年「花鳥来」創刊。句集に『父子唱和』『花鳥来』『菫濃く』など。俳人協会賞、詩歌文学館賞、蛇笏賞受賞。
●藤松遊子……大正十三年一月～平成十一年六月。東京大学法学部卒業。日本イコス常務。平成元年深見、今井千鶴子らと同人誌「珊」創刊。句集に『人も蟻も』『少年』など。

言っておくが、研究座談会は虚子が企画したものの、虚子は当初参加していなかった。虚子が参加するまでの研究座談会のテーマを極めて荒っぽく掲げれば、「主観句」、「抒情詩・叙景詩・象徴詩」、「花鳥諷詠」、「子規の俳句」、「子規の短歌」、「蕪村」、「蕪村の用語、句法、句調」、「俳句と短歌」、「新傾向」、「青年の苦悩と焦燥」、「子規の「芭蕉雑談」」等ホトトギスに関心のあった問題が比較的体系的に取り上げられている。

この時期深見けん二は頻繁に虚子庵を訪問しており、座談会直後あるいは直前の虚子の意見を聴き取り、その後それを「聞き書き」として纏めているが、これを眺めると、研究座談会のテーマが虚子に由来しているか、或いは虚子自身にとっても関心の深いもので事後的にも感想を述べているものが多いことが分かる。

＊

さて、虚子がこの研究座談会に寄せていた期待が直接よく分かる資料がある。虚子は「ホトトギス」の裏表紙等に毎号「玉藻」の広告を載せさせていたが、昭和二十七年十二月号の研究座談会の開始にあたり、「ホトトギス」の「玉藻」の広告には次のような文が載っている。虚子のこの研究座談会への期待の高さを物語っている。

虚子曰　玉藻は常に新しい事を志してゐる。今回から「研究座談會」なるものを開くことになつた。これは若い人々の俳句理論を組み立てん為の研究の座談会である。組織的な系統立った俳句理論なるものが私の望みであつた事は、久しいものがある。諸君の若い頭脳、新しい学殖から研究を積んでいって何等かの成果を得んことを希望するものである。

（「ホトトギス」昭和二十七年十二月号）

また、研究座談会開始直後、虚子は葉書でメンバーに対し研究座談会の運営について懇切丁寧な指示をしている。

①　気長く研究座談会――あの座談会をさう名付けました――やつて居るうちにお互の心持ちが分かつてくるだらうと思ひます。今後もお構ひなくどしどし質問してください。

（昭和二十七年十月十一日付深見けん二宛［深見注：第一回の研究座談会終了直後］）

この葉書から、虚子が第一回目の座談会を読み、自ら「研究座談会」と名づけたことが分かる。このようにして五人による研究座談会を行い「玉藻」に連載し、一年近くたったところで虚子から「正月に虚子庵でやろう」と言い出された。ずっと様子を見て、そして、これならというので自分も加わったのだろうと深見は推測している。

虚子が研究座談会に参加し始めてからも、葉書による指示は続く。

② 次ぎの座談会の句評会［筑紫注：第二十八回の加藤楸邨等の句評］といふことはよろしいかと思ひます。祝賀会［深見注：十一月三日文化勲章受賞］のことは御介意なさるほどの事ではありません。

（昭和二十九年十二月三日付深見けん二宛）

③ 研究座談会はなるべく無駄な事を省いて行きたいものと思つてをります。御研究の程を待ちます。

志ある人々はそのうち呼応してくるものと思ひます。今迄あまりおとなしくしてをつた為に他の方面の声が強く響いてをつたやうな傾きがあります。

（昭和三十年一月二十六日付深見けん二宛）

虚子は、「研究座談会」の原稿を必ず回覧、自らも朱を入れたのち「玉藻」に連載した。いずれにしろ、虚子は他の研究座談会メンバー以上に、この座談会に熱意を寄せ、特に「今迄あまりおとなしくしてをつた為に他の方面の声が強く響いてをつた」という外に打って出る姿勢を、この座談会に持っていたことが分かるのである。

＊

さて以下では、専ら虚子が参加した研究座談会（第十三回から七十六回）を対象に述べてみよう。虚子の研究座談会のメンバーは、上野泰、清崎敏郎、湯浅桃邑、深見けん二、藤松遊子に虚子、立子が加わったが、京極杞陽、中村草田男の加わった回もあった。しかし上野泰は仕事が多忙となり、湯浅桃邑はホトトギス発行所勤務であったため欠席が多かった。結局この時期の皆勤者は、虚子、清崎敏郎、深見けん二の三人であった。実際三人だけの座談会記録もある。研究座談会はウィークデーに行われていたため、敏郎は勤務先の慶應高校、けん二は日本鉱業を休んでの参加であった。

◉「虚子の戦後俳句史」の方針

虚子の参加した研究座談会（第十三〜七十六回）のうち、前半パート2（十三〜二十七回）が既に述べたように明治の俳壇やホトトギスの俳句理論である。中盤のパート3（二十八〜六十一回）は現代作家の作品鑑賞となっている——本書が対象とした「虚子の戦後俳句史」である。そして後半パート4（六十二回〜七十六回）がホトトギス系の個人句集や「ホトトギス」「玉藻」の雑詠鑑賞となっている。

一般読者にとってもっとも興味深いものは中盤パート3の「虚子の戦後俳句史」であろう。特に、永年の虚子の著述活動において、ホトトギス、ないし自分の門派以外の作家の作品を鑑賞するということは極めて珍しいことであった。何故このような、「虚子の戦後俳句史」が始まることになったのであろうか。

既に研究座談会の始まった早々の時期に、深見けん二と虚子のこのようなやりとりが「聞き書き」に残っている。

［昭和二十八年三月一日］

けん二　研究座談会で現代の作家としてとりあげるとすればどんな人がよろしいでしょうか。

虚子　……（しばらく考えておられて）草田男などよかろう。半分味方で……。あとは我が陣営のものとしたらよかろう。

これは「虚子の戦後俳句史」の始まる一年半ほど前の記録である。これから分かることは、深見ら研究座談会メンバーが早くからホトトギス以外の現代の作家を取り上げて研究の対象としようとしていたこと、これに対して虚子は草田男と我が陣営のものを組み合わせることを提案したのである。

やがて葉書②（昭和二十九年十二月三日）にあるように、虚子は座談会の句評会について（恐らく取り上げるべき作家についても）了解している。この結果、初めての「虚子の戦後俳句史」である加藤楸邨を第二十八回（「玉藻」三十年八月）で取り上げているのである。この時の座談会の開催日時は不明であるが、三十年の三月頃であったと推測できる。虚子のこの画期的な判断については詳細に経緯をたどっておいた方がいいだろう。

虚子自身は、現代の作家としてとりあげるとすれば、まず「草田男あたりがよかろう」と指示したのだが、実際の「虚子の戦後俳句史」第一回座談会は、実は楸邨・波郷・草田男の三人のセットで準備された。従って虚子の意図した「あとは我が陣営のものとしたらよかろう」は、その次の第二回座談会の高野素十・京極杞陽・星野立子で実現されることになるのである。

従って中村草田男の名前が虚子から上がった時に、それに、楸邨、波郷を組み入れたのは、人間探求派という言葉が若い作家たちの頭には染みついていたためであり、虚子が積極的に三人をやろうとは言わなかったけれども、草田男をやるなら三人でということにメンバーの意識がなったためだとされる。実際、虚子が出た座談会の始めこそ単なる「子規庵の正月」（第十三回）などであったが、次第に「俳人格説」（第十六回）や当時の俳壇の状態がとりあげられ、やがてこの直前で「抽象・象徴」（第二十三回・二十七回）、「ものとこと」（第二十七回）、「根源俳句」（同上）等が議論されるようになり、人間探求派を議論するのにふさわしい場が生まれてきていたのである。

しかし、それでも虚子は慎重であった。第二十八回（昭和三十年八月）で加藤楸邨を取り上げるに当たっては、虚子としても初めての試みに少しく緊張したようで、楸邨研究の開始に当たってわざわざ長い一文を記している。抜粋してみよう（「玉藻」昭和三十年六月）。

研究座談会の人々が来て、今度は加藤楸邨、中村草田男、石田波郷三君の句を各々十句余り書き抜いてきて、其句に就いての私の意見を求めるとのことであつた。……私は俳句界の指導といふ事を自分の天職位に心得て、此数十年間過ごして来たのである。が、それは私についてくる人だけで手一杯であつて、一旦私を離れた人、又我等仲間以外の人の句を熟読してゐる暇がない。

……右のやうな有様で今日まで来てゐたのであるが、今研究座談會の人々が、楸邨、波郷、草田男三君の十句許りの句を抜き出して私に意見を問ふとなると、従来の態度とは稍異つて、なんとか言はねばならぬことになつた。

俳句に対する立場、信念を異にする者の言は、それ等の人にとつても、又私自身にとつても全く無用の事かも知れない。が、止むを得ず極めて簡単に私見を陳べて見る事になつた。

（「楸邨君等の句を評するについて」）

4. ホトトギスの外に吹く風

研究座談会で、虚子の思惑を超えて、中村草田男にとどまらず加藤楸邨、石田波郷を含めた人間探究派を取り上げた理由を、「若手メンバーたちの俳壇状況の意識が大きく影響していた」からだと述べた。その具体的な状況を眺めておきたい。

桑原武夫の「第二芸術―現代俳句について―」が発表された昭和二十一年十一月からまだ一年もたたない昭和二十二年九月、現代俳句協会が創立された。創設時の会員（いわば原始会員）は三十八名だった。名簿はよく知られているがこの時の会員の年齢は余り知られていない。見てみると興味深い。

安住敦（40）、石田波郷（34）、大野林火（43）、加藤楸邨（42）、西東三鬼（47）、高屋窓秋（37）、富澤赤黄男（45）、中島斌雄（39）、永田耕衣（47）、中村草田男（46）、中村汀女（47）、橋本多佳子（48）、日野草城（46）、東京三〔秋元不死男〕（46）、平畑静塔（42）、松本たかし（41）、山口誓子（46）、山本健吉（40）、渡辺白泉（34）、池内友次郎（41）〔算用数字は入会時の年齢〕

壮観な顔ぶれだが、このうち四十代が二十一人、三十代が十五人であり、当時の俳句がいかに若かったかが分かる。入会資格の実体は、①旧世代の虚子、蛇笏、そして（誓子以外の）４Sを排除し、人間探究派・新興俳句を中心とする、②波郷以下の年齢の戦後世代を排除する、の基準が働いていたと思われる。年長者を外したのは当時の社会状況である公職追放を知れば容易にこれは想像できるし、何と言っても当時圧倒的人気を誇ったのは人間探究派・新興俳句の作家であった。

創設時の協会の主要な活動は、①機関誌「俳句と芸術」の発行（桃蹊書房）、②幹事会、③茅舎賞の設定とその選考であったが、昭和二十三年こそ活発だったが、二十四年からは沈滞化する。例えば桃蹊書房の倒産で「俳句と芸術」は休刊、茅舎賞は三年間中断した。

＊

こうした停滞の中で、主要幹事たちは入会資格の下限（②）を取り払うことにした。選挙の結果、昭和二十七年は十六人中三人、二十八年は五十名中二十二名が三十代会員となった（一部年齢不詳者あり）。会員総数一〇〇名のうち三十代の主な会員は次の通りとなる。

角川源義（35）、沢木欣一（33）、石原八束（34）、飯田龍太（33）、金子兜太（34）、桂信子（39）、楠本憲吉（31）、香西照雄（36）、佐藤鬼房（34）、鈴木六林男（34）、高柳重信（30）、土岐錬太郎（33）、野見山朱鳥（36）、原子公平（34）、目迫秩父（37）、森澄雄（34）

〈これに、ぎりぎりの年齢の能村登四郎（42）、古沢太穂（40）を入れてもいいだろう〉〔算用数字は入会時の年齢〕

この名簿を見れば、戦後派世代の陣容がほぼ出揃ったことが分かる。と同時に、昭和二十四〜二十七年を現代俳句協会の「沈滞の時代」と呼ぶとすれば、戦後派世代が揃う二十八年は現代俳句協会の「復興の時代」といってよかった。

なぜなら、昭和二十八年からの俳壇的事業として、第三回（実質の第一回であった）の現代俳句協会賞の授与が行われた（それまで断続していたが、以降連続する）。一方、二十七年に創刊した角川書店の俳句総合誌「俳句」の編集長を二十八年から、現俳協幹部大野林火、西東三鬼が務める。二十九年末から毎年「俳句年鑑」が刊行されるがその編集を現俳協がまるごと委嘱され、俳人協会創設の年まで続く。「俳句」と現代俳句協会の蜜月が出現し、現俳協と角川書店が俳壇を制覇するのである。

こうした風潮を受け昭和三十一年四月、角川書店の「俳句」は俳句史に残る「戦後新人五〇人集」という大特集を行った。いわゆる戦後派の五十人を抜擢し、代表句五十句を提出させたのである。これをもってほとんど戦後派の顔ぶれは決まったといわれている。この中には、飯田龍太、大島民郎、能村登四郎、小林康治、〔森澄雄〕、金子兜太、古沢太穂、野澤節子、目迫秩父、津田清子、〔香西照雄〕、沢木欣一、細見綾子、佐藤鬼房、〔鈴木六林男〕、桂信子、楠本憲吉、〔角川源義〕、北光星、高柳重信らが上げられていた（〔 〕内は研究座談会で取り上げられなかった作家）。研究座談会で取り上げた戦後派の顔ぶれとかなり一致している。一方で、ホトトギス系からは、上野泰、清崎敏郎、高田風人子、野見山朱鳥、波多野爽波、深見けん二、上村占魚が上げられていた。これまた至極妥当な人選であった。

このようにホトトギスの外で吹いている風と、ホトトギスの中で吹いている風は、決して異なる方向に吹いていたわけではないのである。そして現代俳句協会の戦後派世代による「復興の時代」と軌を一にして、「玉藻」の「研究座談会」が開始されたのである。

第1部

「研究座談会」を語る

深見けん二（「花鳥来」主宰）
齋藤愼爾（深夜叢書社社主）
筑紫磐井（「豈」発行人）
本井　英（「夏潮」主宰）・司会

日時……平成二十九年六月二十三日（金）午後一時〜
場所……レストラン　なごみ野（所沢市）
写真は右から、本井英、筑紫磐井、深見けん二、齋藤愼爾

研究座談会の発端

本井　今日は皆さまお集まりいただいてありがとうございます。司会をさせていただきます本井英です。今日は五月晴れの素晴らしいお天気で、武蔵野の台地の上のレストランで深見けん二さんを囲んで、深夜叢書社社主の齋藤愼爾さん、それから筑紫磐井さん、今日は深見さんの奥様にもお越しいただけております。何かお気づきの点があったらまたお声をかけていただきたいと思っております。

昭和二十七年の十二月号の「玉藻」から「研究座談会」という企画がスタートいたします。参加者それぞれのそのときの年立ては、高浜虚子が七十八歳、星野立子が四十九歳、上野泰が三十四歳、ちなみに奥様章子が三十三歳、それからお年から行くと湯浅桃邑が三十三歳、清崎敏郎が三十歳、深見けん二が三十歳、それから藤松遊子が二十八歳という、今の俳壇の顔ぶれから見ると、随分お若い方々が集まって、虚子先生を囲むということになって、そのお若い方々の歳は虚子先生の半分にも満たないという方ばかりです。お手元にあるように第一回から第十二回まで、「玉藻」で言うと昭和二十七年十二月号から二十九年の三月号に至るまでは上野泰さんを中心に、清崎敏郎、湯浅桃邑、深見けん二、藤松遊子というメンバーで若者だけで行われていたと記録には出てまいりますが、まず一つ伺いたいのが、もともとの発端と言いますか、泰さんのお声がけなんでしょうか、そのあたりをけん二さんから伺いたいと思います。

深見　これは前にも書いてますけども、虚子先生が昭和二十六年三月号から「ホトトギス」雑詠の選を年尾先生に譲られたのを機に、星野立子主宰「玉藻」に力を入れるようになったときに、今井千鶴子さんが編集の手伝いをやってまして、女子大を出て、それで週に一回か虚子庵に行ってたんですね。それで先生の口述筆記をしたり色々やってたんですが、編集のことを寝ても覚めても考えろという宿題をいつも言われてたそうでして。で、そのときに、ホトトギスの少し理論的な座談会という風なものを提案したんだそうです。そうしましたら虚子先生が採用しまして、それはどういう形で決まったのかは明確ではありませんけども、泰さんに相談して決めたのかもしれないけども、泰さんの発案じゃなくて、虚子先生の方から若い人ということで、それで六人が決まったわけですね。それで、まずやってみるということで始めたときに、早速虚子先生が「ホトトギス」に広告を出すわけです。十二月号では研究座談会の告知をし、昭和二十八年一月号では「虚子曰　新年の口占として、私は今年も亦多少の活動をして見ようと思つてゐます。それは主として此の「玉藻」誌上に於てゞあります。御覧を願い度うございます。若い人々の間に我が党の俳句理論を構成し度い考へが動いてきたことは結構なことだと思ひます。本号にも其の座談会が載つてゐます。……」、ということを言ってるわけです。それと、これはそのときに、私のところに葉書をいただいたのが二十七年の十月十一日の葉書で、「気長く研究座談会——あの座談会をさう名付けました――やつて居るうちにお互の心持ちが分かつてくるだらうと思ひます。今後もお構ひなくどしどし質問してください」。これはですね、この座談会をやり始めてから泰さんと二人で虚子庵へ私が行ってるんです。そのときの返事なんです。その頃、泰さんに最初取り持ってもらったんですけども、その後、二十七年は十月の八日と十月の十四日、それから二十八年は一月四日と三月一日、六月四日、八月十四日と、一人で行ってるんですよ。それで、次のテーマはどうしたらいいでしょうか、なんかも伺ってる。その中に、二十八年の三月に行ったときに、「研究座談会で現代の作家として取り上げるとすればどんな人がよろしいでしょうか。」と伺ったところが、虚子先生は、「(しばらく考えておられて) 草田男などがよかろう。半分は味方で、……あとは我が陣営のものとしたらよかろう。」というんです。それで草田男、あとは我が陣営の者としたらよかろうとなったわけです。発案ではないかもしれないけども、虚子先生が積極的にやったということと、それからやったときにはどういう作家がいいかと言ったときに最初に草田男がよかろうというようなことを言ったことだということとです。

本井さんのテーマ表にもありますけど、俳句はどんなものがいいとか研究座談会で色々言って、そして、社会性とか何かも虚子先生のところへ行き言ったんだと思いますね。そうするとそういうものには俳句は適さんというようなこともその時に言っていました。それでこの「青年の苦悩と焦燥」(第十回)。

本井　そう、ここですね。

深見　こういうもののあった中で虚子先生は、私はそういうものに俳句というものは適さないと思っていると、ということは繰り返し話していますね。だけどそういうことのあった中で現代の作家としてどういうもの、となったときに、草田男がよかろうと。あとは我が陣営の者としたらよかろうと言ってるところを見ると、先生が出て座談会をやったときに、楸邨、それから波郷を入れたのは、それはあのころもう人生探求派っていうのが若い人たちの頭には染みついてるわけですから、そうすると草田男をやるなら三人ということになったんだと、大体そういう筋であって、虚子先生が積極的に三人をやろうとは言わなかったけども、まず草田男をやってみたらという風にして作品でやってみろということも言ったことも事実です。この座談会に虚子先生が出席された始めのうちは「子規庵の正月」（第十三回）とかということを言ってますけども、だんだんだんだん「俳人格説」（第十六回）とか当時の俳壇の状態を言って、それからその後に二十二回くらいのところに「文学の分類」とそれから「俳句の位置」、「和歌と俳句」それから「客観写生」（第二十三回）、こういうところがあります。要するに三回分を一日でしたわけです。そういうことをやって、「抽象・象徴」（第二十三回・二十七回）とか「ものとこと」（第二十七回）とか「根源俳句」（第二十七回）とか、こういうものがあって、それじゃあその次は人間探求派にしようということになったんだと思いますね。

本井　第一回ですね、「主観句」「人生とは」といったところ。拝読してると、このときは泰さんが全体をリードしてらっしゃるようですね。

深見　虚子先生の出られる前は泰さんがやっぱりがリーダーだった。「ホトトギス」の若者の全体のね。それだからリーダーですよ。
本井　ところでこの時、座談会の催された場所はどこだったんですか。
深見　いやぁ、その辺が覚えてない。
本井　確か、最初の方で、素十さんの句がよくわかんない、じゃあ電話しようって言って泰さんが立子先生に電話をすると、そこに素十さんもいらっしゃったという処がありますね。
深見　ああ、そんなのありましたかね。
本井　素十さんの句について電話で聞いていらっしゃる。
深見　そうすると笹目でやった可能性はありますよね。
本井　あー、そうですか。
深見　なぜかっていうと「玉藻」の企画だから。
本井　そうですね。でもそのとき立子先生は東京で俳句会に出てらしたんですね。
深見　あ、出てたんだ。本当だ、いないですね。立子先生出てない。
本井　そうなんです。これ場所はどこだったのかなあと思って。
深見　これは覚えてないですね。立子先生のことだから家使ってもいいわよなんてくらい言った可能性あるけどね。
本井　なるほど、そうですか。

筑紫　ちょっとその関係で、虚子が初めて出た十三回ですが、これはもう虚子庵でやられたんですか？

深見　以後はまったく虚子庵です。

筑紫　そうですね。

深見　それで、その時の雰囲気を見ていただきたく写真を持ってきました（写真出す）、これは、何回もあちこちに公開しているものですけどもね。

筑紫　ああ、こんな雰囲気で。

深見　虚子先生の仕事部屋の俳小屋、そこをゆっくりと使ってまして、そしてここで、大体三回分を一日やる、よく八十五歳まですごいなあと今にして思いますね。

本井　最後の頃は八十五歳ですよね。

深見　午前中に一回分やりまして、昼、先生の居間で奥さんも一緒に昼食をして、それで午後二回分と。一回分の長短はありますけれど。

筑紫　それで分かりました。原則三回でわりと話題が閉じてますよね。たとえば、楸邨・波郷・草田男、で第一回目の座談会ですね。その後、第二回目が素十・杞陽・立子と。

深見　これも一日。

筑紫　こういう組み合わせですすめられたんですか。

本井　で、あの、メンバーでも大体ね、ほら、これ遊子さんが。

筑紫　なるほど遊子さんの出席を見ていくとどういう単位でやったか分かるのですね。
本井　この方が、後で話題になると思うけども、このころもうすでに商社マンですよね。
深見　そうそう、まだね。
本井　ですからこの中で一番お忙しいのが藤松遊子さんで、会社員真っ最中、これ日曜日ですか？
深見　いや、日曜にはやらない。
筑紫　休んで来るんですか！。
本井　ああ、そうですか。あ、日曜とかにはやらないんですか。
深見　やらないです。
本井　あ、じゃあお仕事との両立が大変でしたね。
深見　いやぁ、そんなこと言われると辛いなあ。最後なんて虚子先生はもう清崎さんとあなた二人の都合に合わせて都合つけますなんて言われたんですから。
筑紫　そうですよね。清崎さんと深見さんと二人きりの回があります……。
本井　けん二さんは、全部出てらっしゃる。
深見　全部出てる。
筑紫　二人しか相手がいないというのがありますよね。
深見　全体の座談会に出たのは二人しかいない。

本井　清崎先生はいざとなると学校の方は休講になさいますから。
深見　それができる。みんな喜んだわけですね。
本井　まったく問題ない。僕ら生徒は喜んだ方でしたから。でもけん二さん大変でしたね。
深見　いやぁ、しかしもう夢中だったんでしょうね。このころは。
本井　はぁ、それはすごいなあ。で、遊子さんは商社を休むわけにはいかないですね。
深見　遊子さんは真面目な人でしたからね。
本井　湯浅桃邑さんが結構出たり入ったりですね。
深見　桃邑さんはね、発行所の仕事がありましたからね、ホトトギス社の社員でしたから。
本井　そうですね。結局昭和二十六年になってしまうと、社主というかホトトギス発行所の一番のトップは年尾先生だから、年尾先生のところの使用人というか社員になってしまうから、いくら虚子先生の座談会でもそう簡単には休めない。
深見　休めないときがありましたね。桃邑さんという方はまさに虚子信順でね、そのために旅順大学工学部を出たのに自分の専門を生かさないでもう一生本当に俳句に捧げた。結婚もせずにね、という人ですからね、実によく虚子という人の俳句に対する理解、もう大したものでしたね。
本井　大したものですよね。それはあの、磐井さんにもね、お伝えしておきたいけどね、私などが虚子先生の俳句を間違って言おうもんならね、桃邑さんに叱られて。間違えて覚えるとは何事だって怒られたことありましたね。立派な方で。それと、新人会で、翌日虚子先生の句会があるときに、作戦会議というものがあって、桃邑さんが一番虚子選の予想はついてたっていう話を伺ったことがあります。どうでした？

深見　虚子先生の句会のときには虚子選の入選は桃邑さんが一番多かったですね。それから選ぶのも、虚子の句を選ぶのも多かったですね。句会のあとしつこいくらい虚子選の半紙を眺めてましたね。何べんも何べんも見て。虚子の選句を勉強していました。

本井　桃邑さんというのはそういう方だったんですね。

人間探求派の鑑賞

筑紫　ちょっと一つ割り込んでよろしいですか。今お話伺ってると、まず草田男あたりからということで草田男と身内ということだったんですけど、第一回目の三人というのは、実は四人セットで楸邨・波郷・草田男、そして茅舎という身内ですね、草田男と身内というのはこの四人を考えていたんですか。

深見　この茅舎というのはですね、波郷をやったときに波郷と同じような環境でもこういう句を作るという形で茅舎の句が話になりました。

筑紫　参考のように出てきたんですね。

深見　我々の表現の仕方では茅舎のようなものを自分はよしとするという、俳句としてはね。
筑紫　闘病俳句でも、こう違うとか、そんな比較をされてましたけど。そうすると第一回目の三人はやっぱり人間探求派の楸邨・波郷・草田男であったということですね。
深見　はい、ここはもうあくまで三人の俳句をするために……。
筑紫　繰り返しになりますが、この三人でとご提案されたのは深見さんなんですか。
深見　これはね、提案って言いましてもね、昭和二十八年ごろっていうのはちょうど全体的に戦後作家の第一句集がもう出揃ったり、それから社会性の時代になるちょっと前ですけども、昭和十四年の「俳句研究」の座談会で言ったことにしても篠原梵は別として人間探求派っていうものが戦後の大きな流れですね。そうすると若い人も、みんなある程度俳句を作っていると、やっぱり自分の結社だけじゃなくて、そういうものに関心を持って、みんな読んだもんですよ。
筑紫　そうですね。
深見　それはね、その後の時代に、あんなに若い人が、他結社の人の句を読んだ人や時代があるのかという、これもう逆に伺いたいくらいです。私は「夏草」の中にいて、古舘曹人というこれは大したリーダーですけれども、この人の下でみんなそういうものは読みましたし、それから清崎さんは楠本さんとかと「慶應俳句会」を作りましたしね。それで、まあ上野泰さんはあんまりそういう関係はなかったけども。それと「子午線」っていうのが出たのは昭和二十八年十月です。それは「萬緑」と「夏草」、それに「氷海」などの若者が集まりました、これは高橋沐石さんが主唱し、平成八年終刊しますが、火をつけたのは、古舘曹人さんあたりですね。「慶應俳句会」というものもあった。「子午線」は東大俳句系であるわけです。で、東大俳句と言ってもいわゆる従来の虚子の東大俳句会じゃなくて、青邨門下の東大ホトトギス会ということですね。

本井　文学史的には先ほどから出ている人間探求派というのは実は事の発端は戦前ですよね。

深見　ええ、昭和十四年の「俳句研究」の座談会からです。

本井　それが、だんだん戦争が苛烈になっていき、ほとんど空白期というのは何年かあって、その空白を超えてもう一回その十四年くらいの話がぶり返して、少しこう、あれですよね、振れが大きくなてしまったということですよね。

深見　私はそこのところはよくわからないんですけど、やはり桑原武夫の第二芸術論が出たりして、それもあって俳句とは何かということが戦後盛んに議論された。そういうこともあると思いますがね。

本井　一回揺らしをかけられて元の人間探求派の形に戻った。

筑紫　最近調べてみると、多少、現俳協の創設などと呼応しているところがあるのではないかと思えました。第二芸術論が出た後若い人たちが結集するのに現代俳句協会を作ったんですが、そのときのメンバーを見ると、人間探求派プラス新興俳句派、ですから、虚子と秋櫻子ら4Sはオミットされてしまっているようなんです。

深見　秋櫻子はその辺ではもうすでに古典派になっていたのですね。

筑紫　だから弟子の楸邨とか波郷がいるにもかかわらず秋櫻子をオミットした。ただ誓子だけはやっぱり新興俳句作家のシンボルみたいなものだから入れたんでしょうね。それで見てみるとね、もう露骨にその派閥しか入ってない。ところがその現俳協が二、三年するとすっかり尻すぼみになってしまいます。なぜかというと石田波郷より若い人間は入れないという不文律があったようなんです。それですと、ちっとも俳壇の若い血が入らず湧いてこない。ちょうどですね、この研究座談会が始まる直前の二十八年頃に協会は大方針転換して、若い作家を大量に入れて、沢木欣一とか金子兜太とかが入ったんです。ただ結果的に言うと、結局数年後に彼らに現俳協を乗っ取られてしまったわけですけれど。

研究座談会の若手たちには、多分、現俳協の初期の中心人物の人間探求派、また秋元不死男とか西東三鬼とかの新興俳人——、彼らが現俳協なんかを率いていたそんな雰囲気みたいなものが、影響したのじゃないかと私は推測したんですけれど。そしてその次の一陣が、欣一とか兜太らの社会性俳句になるわけで、研究座談会の作家たちの取り上げた作家の一覧にぴったり合うような気がするんです。

あ、それでちょっとついでながらもう一つ。そういうことだと人間探求派を取り上げるのは何となく暗黙の了承があったようですが、ただそれにしては、座談会は加藤楸邨が第一回の順番になってるんですけれども、それの冒頭で虚子が「楸邨君等の句を評するについて」という長い評論を書いていています。これを見てるとですね、虚子先生はちょっと警戒していたという感じがあります。自信がないとは言わないけれど、自分が言う話は彼らの役に立たない、彼らの俳句はあんまり自分たちの役には立たないと言っており、ちょっと躊躇みたいなものを感じるんですが、やっぱりそうでしたですかね。

深見 躊躇というのか、あんまり積極的にそっちの方を考えていませんでしたね、一貫して。ですから、そういう普段全然見てないものに対して限られた数の俳句で批評するということには、私は、慎重だったという風に解釈しますけどね。

筑紫 その意味では、最初の第一回目での楸邨・波郷・草田男は、やっぱりちょっと厳しめな言葉が見えていたんだけど、少し置いてですね、第三回目の社会性俳句作家の時は割合評価がやさしいですよね。

深見 ああ、逆にね。

筑紫 逆にね。これはどうしたことかなと思ったんですけれど。やっぱり出だし、まあ、そういう楸邨・波郷なんかに対しての警戒心っていうのが少し出てたのかなと思ったんですが。

深見 ああ、そうですねえ。ただどうも、ここが私もよくわからないんですけれども、全体的に見ますと筑紫さんもご指摘のように、言葉っていうものの、使い方ですね。それが具象とか抽象とかっていうだけじゃないんです。一言で言うと、主観として情はいいんだけども観念はよくないという考えですね。その主観が情的なものについてはいいという、その代わり観念がそこに出てしまった句は虚子の考える俳句ではないということでね、それを思いますと、私、これ違うのかもしれませんが、虚子先生の俳句の信念思想は花鳥諷詠でしょ、花鳥諷詠というものは、それこそ本井さんの得意なとこだけども、人間も虫も何も同じという一種のアニミズムですけれども、大きな四季の運行の中にいるんだって考えですね。そういう運行の中にいるって考えるときにその中で俳句を作るときにはね、観念が入らないんじゃないかと思う。

筑紫　ですから、たとえば我々が社会性という言葉で括ってしまっていますが、具象性があって本人の気持ちが滲み出てる社会性は虚子もすごく高く評価してますね。

深見　だけど、スローガン的なものは……。

筑紫　それは今の我々でもよく分かるんですよね。一時期の観念的な社会性はもうダメだってのは、それはもう確かに理解できる。

深見　すでに淘汰されてるわけですね。

様々な戦後俳句の鑑賞

筑紫　その意味では非常に面白かったのはですね、小林康治とか大島民郎のところは虚子先生があんまり褒めすぎちゃってるんで、深見さんがだいぶ困っていますよね。

深見　みんな褒められちゃうなって。

筑紫　当然のことながら小林康治は「鶴」の波郷の弟子だし、大島民郎にしたって秋櫻子の弟子だけど、そんなのと関係なく俳句をいいかどうか見てって、そういうのは非常に我々からも、今の目から見てもものすごく親しみを感じますね。

深見　で、石田波郷については非常に同感というか、「胸形変」の句なんかについては厳しいですけども、基本的にはやっぱり同情してますよね。

筑紫　褒めた句のほかにですね、有名であるけれど褒めてない句を見るのも、面白いんですね。たとえば波郷だと、「六月の女すわれる荒筵」という、今の我々はいいなあと思ってしまう句も、これはダメだって。

深見　そうそう。六月がどれだけ効くか、荒筵っていうのがどういう意味なのかと。

筑紫　それからあと目迫秩父の代表句なんですけれど、「狂へるは世かはたわれか雪無限」というのは、我々にはものすごくよくわかると思ったら全然ダメだと言っていて。

深見　まあこの辺はちょっとわかりませんがね。

筑紫　ただ、なんか、花鳥諷詠・客観写生だけじゃない「言葉」を含んだ厳密な基準があるようです。確かに「雪無限」ってちょっと言葉が不熟かもしれませんんですね。

深見　そうなんです、言葉にかなり慎重なんですね。

筑紫　ということは、何のことはない、我々——新興俳句家の流れと言われてる我々とそんな遠くないような気がするんですね。だからその後出てくる虚子の句を読んでも、虚子の選を読んでもですね、納得できるのは半分近くあるような気がしてしょうがないですね。
本井　一つ伺いたいのは、こういうのって「玉藻」の読者にとってみれば結構しち面倒臭い記事ですよね。
深見　読んだんでしょうかねえ。
本井　果たして「玉藻」の読者が読んだのかしら。たとえばうちの母なんか読んだと思えないいんですよね。
深見　読まないでしょうね。だけど、ホトトギスには「玉藻」の一ページの全面広告を……
本井　必ず載ってますよね。
深見　「玉藻」の広告を、「ホトトギス」の一ページに載せるんだから。それにいつも研究座談会とありますよ。
本井　時々「玉藻」の人や「ホトトギス」の人もガス抜きみたいに入るんだけど。
深見　あれ何でだったのか、こっちが手抜きしたのかそれとも。
本井　そうじゃないと思いますよ。
深見　先生が関心持たせるように。
本井　で、対象になるのが雑詠欄の句ですから、あまり聞いたことのない人の句でも載ってくるわけですよね、「玉藻」でも「ホトトギス」でも。かと思うと楸邨が出てきたりして。これ読者はね、色々どぎまぎしたんじゃないかと思うんですね。

深見　でもね、出たばかりの「ホトトギス」とか「玉藻」の雑詠の句を批評するようになったのは座談会の終わりの頃なんですね。

筑紫　ああ、そうですね。

本井　そうですね。終わりの方ですね。

深見　材料がなくなったんじゃないかな。不勉強でこっちが上手くできなかったのかもしれませんが。後、これは我々も意識してやったのは、「ホトトギス」以外の作家を批評したあと「ホトトギス」の作家をしています。人間探求派のあとは、戦後「ホトトギス」雑詠で最も活躍した杞陽とか、素十、立子をやってます。

本井　作戦ですか？

深見　作戦ではないけどね。そうするとニコニコされていましたね。

本井　あ、やっぱり。そうなんだ。

筑紫　やっぱり虚子が批評するときはもう言葉ではっきり出てきてまして、「我らと同じ俳句」っていう部類とね、「我らと違う俳句だけど同情が持てる」とかそういう、少し、完璧にやっつけないのと、それから、それこそ蛇笏のような「問題ある俳句」と。はっきり言葉を基準に、分けてしまっているのではないかという気がしました。

深見　言葉を？

筑紫　言葉を基準にして俳句を見ているということです。だから、花鳥諷詠じゃない俳人は受け入れないとかね、客観写生じゃない俳人は受け入れないというような原理主義的なことは言ってない。

深見　言ってないですね。あくまで言葉ですね。だから、要するに表現がどうかと。俳句というものに対してどう考えているかということと、季題を軽視してるものは虚子としては俳句と認めないと。この二つだけはっきりしてるんですね。

本井　俳句と認めなくても、詩としてはいいでしょうと。

深見　そうそう。

筑紫　自分だって無季の俳句ね、十七音詩を作っていますから。

深見　無季の句は「祇王寺」の句以外はないと思います。だから繰り返し言われたのは、季題を使わないものは別に無季の句として独立したらいい。……ただそれを俳句というのはおかしいと。もう繰り返し言われたのはそれですね。

筑紫　私が一番驚いたのは、古沢太穂の「白蓮白シャツ彼我ひるがえり内灘へ」という句があって、季題を無理に持ってきたようだ、ちょっと季の動きが乏しい、とか言った最後にこういうのは無季で作った方が表現が自由になる、と自分で勧めているんですね。無季にしたほうがいいって。

本井　内灘には虚子先生は一定の思いをお持ちなんですよね。ご自分で。

筑紫　ああ、そうなんですか。

深見　ご自身現地へ行っておられますからね。

本井　それと「暁烏文庫内灘秋の風」の句があるでしょ。あのとき「鉄板道路」っていう文章があって、ここでそういう闘争があったんだっていうのと、そのときに以前満州なんかへ行ったときにこの土地はいずれ中国人のものになるんだと、それと同じことが今起きてるだけだよということを書いてらして、内灘という言葉については虚子先生特別な思いを持ってらっしゃる。で、さっきの白シャツはね、それかなと思って拝読したんです。

筑紫　太穂の句はね、三十一年五月、三十七回に載ってますね。

深見　虚子先生は昭和三十一年十月四日に金沢に行き、内灘へ行き、秋の風の句を作っていますから太穂の句のあとですね。

研究座談会の四人

筑紫　ちょっとその、本井さんの方の話とかぶるかもしれませんけど、私は当初意識していなかったんですけど、この四人の役割ですね、けん二さんを除いた、泰・敏郎・桃邑・遊子って、それぞれ一言で言うとどんな方だったというのを教えていただければ。

深見　四人がどういう人だったかということですか？

筑紫　特にあの座談会のとき、理論派だったのかあるいは実作派だったのか。

深見　上野泰さんは上野運輸商会の三男で、大正七年生まれ、後には副社長にもなって、ロータリークラブで国際的にもあちこちで活躍をされました。立教大学経済学部を繰り上げ卒業、近衛輜重兵隊に入隊、虚子先生の六女章子さんと結婚されます。その後当時の満州にも駐屯、帰国後疎開中の虚子の下で始まった稽古会で作家となり第一句集『佐介』の序文で虚子は新感覚派と書き、西に朱鳥あり、東に泰があると書きます。昭和四十八年癌で没くなりますが、昭和二十九年「春潮」を創刊します。その最初のページに理論的というよりも自分の俳句観を熱情的に書いています。そういう人でした。それで後まで兄貴的な存在ですね、我々にとっては。

筑紫　特にこれを始めるにあたって中心になったから、そういうリーダーシップも。

深見　虚子先生の出席するまでは中心でしたが、途中で仕事が忙しくなりまして、いろんな作家論になってからはほとんど出てませんね。

本井　そうですね。ちょうど作家論が始まるころからご欠席なんですね。

深見　その後はやっぱり清崎さんですね、中心は。それで、なんか不思議なことに研究座談会を読み返しますと、私が、司会みたいなことをして、喋ってることが結構あるんですね。清崎さんは年齢は私と同じで、国文学の専門なんですが、大事なところはきちっとやってくれましたけども、まあ私に最後は二人で来ればいいよってくらいに虚子先生が言ったくらいなんで、任せといてやるかっていう気持ちなんじゃないかと思う、私がやる気があるなら。困るとフォローしてくれるんですね。そういうやり方でした。それから桃邑さんは大正八年生まれ、旅順大学の機械を卒業した人です。でも、虚子に惚れ込んで発行所に勤めるということになって終生ホトトギス社に勤め、「ホトトギス」の発行を支えたわけですから、いろんなものをやっぱり読んだと思いますね。それから虚子の俳句についての鑑賞は非常に適切で、虚子先生からいつも君の鑑賞はいいということを何回か言われてます。、あとで具体的な句も二、三言いますけど。藤松遊子さんは大正十三年生まれ、東大法学部を卒業。大倉商事に勤めて、「玉藻」の事務所が丸ビルにありましたから、そこに若者が集まって、そういう中で俳句を作るようになった。昭和二十四年虚子先生のお宅で新人会の稽古会が三日間あり、そのときに初めて遊子さんと千鶴子さんが加わって。

本井　笹子会ということじゃなくて特別に出してもらえたのがお二人で。結構笹子会のみんながやきもち焼いたようです（笑）。

深見　新人会はある時期から人を全然増やさなかった。

本井　入れてくれないんですよね、新人会は。

深見　人数としては十一人なんですけども、遊子さんはそういう意味では新人会とは違ったんですが、ただ非常に真面目な方でして、仕事も熱心だけども、俳句にも熱心な方でした。そういうことからこれはさっき言いました、提案が今井千鶴子さんで、虚子先生がそれを企画したときに、立子先生と泰さんあたりが相談してメンバーを決めたんじゃないかと思いますね。泰さんは立子先生が大好きでしてね、しょっちゅう通ってたし。だからそういうことだと思います。

本井　ですから結局当時虚子の周りに若者はもっとたくさんいたんだけども、けん二さんからおっしゃりにくいかと思うけども、やっぱり理論的にもちゃんとした人を選ばれたのですね。

深見　ちゃんとしてないんだけど。

本井　磐井さんは頭に名前浮かばないだろうけど、僕の中にはそれに漏れた人の名前がたくさん浮かぶわけです。あの人何で呼んでもらえなかったのかって、それはあるんですね。

筑紫　その辺を、研究座談会で取り上げた若手作家で何で入ってないのかなと思う人も何人かいますよね。

本井　例えば嶋田一歩さんとか?

筑紫　杉本零さんとか。

本井　零さんは若すぎましたよね、まだ。まだ学生さんでしょう。

筑紫　だけど、「研究座談会」で取り上げてんでしょ?

本井　あれは時の勢いで、丸井孝さんと零さんは特別だったんじゃありませんか(笑)。

筑紫　藤松さんはわりと評論なんかも書かれていて、我々も時々拝見してますけども。

本井　そうですね。だって岩波文庫の『虚子五句集』は遊子さんのご尽力でしたよね。

深見　あの方が「ホトトギス」として担当し刊行に協力したわけです。

筑紫　「研究座談会」の初期の記録を再録した『俳句への道』もそうですね。ただ、だからこの中では、私などにすると、唯一、名前は聞くけどどんな人かはさっぱりわからないという方が湯浅桃邑なんですけれど。

本井 そうそうそう。そうかもしれない。大事な方です。

筑紫 あまり評論なんかでも見たことがないし……。

深見 物は書かなかったですね。「ホトトギス」発行所の事務とか経理は全部一人でやってましたね、選句するとか俳句を作ることはできましたけども、仕事が忙しくてまとまった物は書けないですね。

筑紫 なるほど。伺いながら面白いと思ったのは、新人会は昭和二十一年の一月……

深見 二十二年です。

筑紫 二十二年ですか。ほとんど同じ時期にですね、「馬酔木」で新人会っていうの作っているんです。

深見 そうなんですか。

筑紫 そのときに能村登四郎、林翔、藤田湘子がぞろぞろと登場してます。

本井 あ、湘子さんがおられるのですか。

筑紫 そうです。湘子が一番先です。巻頭を一番先に取って、それで湘子を中心に新人会が生まれたんです。だからどっちが先なのかわかりませんけども、やっぱりホトトギスでもそういう事情にあったんだなと感心しました。

深見 そういう機運があったんですね。

筑紫　若い人育てないと結社がもたないっていうのは虚子にしても秋櫻子にしてもよくわかってたんでしょうね。だから五年くらいして、その新人会で集まったとき、「馬酔木」もこれで盤石になるといって、秋櫻子は喜んだそうです。だから多分虚子先生もこの顔ぶれでこういう座談会をやられるとほっとされたんじゃないかなという気がしますよね。

本井　やっぱりその戦争という不安な数年間があった中で、一応世の中おさまって、さあという風に思ったときに、秋櫻子さんも虚子先生も新人を育てなきゃと思われたんでしょうね。戦争の影響すごく大きいと僕は思う、そういうことは。

深見　新人会成立のなりゆきは、正確には覚えていないんですが、私が昭和二十一年の秋に虚子先生が「ホトトギス」六〇〇号記念大会で全国を回ってて、それで大月で記念大会をやって――山梨県の吉田の大月、――その大会に私が参加したんですよ。そして湯浅桃邑さんと相談してちょうど泰さんが新しい人をまとめようとしてる機運があるので加わらないかということで。それで昭和二十二年の正月に、「ホトトギス」の丸ビルにある事務所に日曜日、寒い中集まったわけですね、一月にね。泰さんは戦争行って、戦地で死線をさまよう苦労はしなかったけども、まあそれが原因で最後に癌になったのかもしれませんですね。

本井　あの方は結局満州から直接内地なんですよね。

深見　そう、あの方は満州から内地に、先に帰ってきました。

本井　それで命は助かったわけだから。

深見　だから命からがら帰ってきたのは奥さんの章子さんのほうですね。
本井　そうですね。兵隊っていうと藤松遊子さんも一応兵隊の経験がおありです。
深見　そうそう、行ってるね。海外は行ってないんじゃないかな。
本井　豊橋連隊でしたね。
深見　で、湯浅桃邑さんは、生前には句集を出さなかったわけです。それで人にも知られないんです。あの方は虚子忌の帰りに階段で滑って、*大井町ですか。
本井　五反田でしたね。

＊昭和五十六年四月、虚子忌の夜に遭難された。

深見　五反田の階段で滑って頭を打って、それが原因で亡くなった。非常に酒がお好きでね、それで清崎さんとは酒でも気が合ってたんでしょう、二人で八丈島から始まり離島巡りやって「スコール来八丈ヶ島大通り　桃邑」のような一境地を進めた句を作りました。
清崎さんが一番作家として信頼した仲間としては桃邑さんでしょうね。だからその亡くなったときにすぐ清崎さんと私と二人でどうしても句集を出さなきゃいかんというんで、何とかまとめたんです。
筑紫　何年ごろ亡くなられたんですか。
深見　昭和五十六年で『虚子信順』というのが遺句集です。
筑紫　じゃあ私がもう俳句始めてたけれど、ほとんどこの湯浅さんの名前が耳に入ってくることはなかった。

本井　ですからホトトギスの中にはそういう、ほとんど外に知られてない人っているんですね。

筑紫　なるほど。ありがとうございました。これは、本井さんも聞きたいと言っていた話ですよね。

本井　そうです。僕そこ一番伺いたかったし、僕は笹子会っていう会に最後滑り込みで入れていただいたんですが、その笹子会の先輩たちがみんな憧れていながら、入れてもらえなかった会が新人会なんですよ。成瀬正としさんとか佐藤石松子さんとかみんな入りたかったんだけど誰も入れてもらえなくて。それで、新人会に対して超新人会っていう結社を作って虚子先生に持っていったら「超」を消されちゃって、「人」も消されて、「新会」っていう名前にされちゃって。ズタズタになって。

深見　そんな話があるの。

本井　そうそう。正としさんが、我々新しい会を作りました、超新人会って渡したら超を消されて人消されちゃったんです。で新会になっちゃった。で、しばらくは新会って言ったんだけど、あまりにもこれじゃあっといって笹子会っていう名前をつけた。笹目（立子）の子だからって、少々甘えた命名だったんですね。立子の子だから、笹目の子だから笹子会って言って始めたんです。で、それが新人会の一ト世代下のグループで。

深見　下っていうのは。

本井　下っていうか若い、あの、嶋田摩耶子さんとか嶋田一歩さんとか、井上花鳥子さん、そういったような方々、勿論、杉本零、丸井孝、京極高忠さんもいた。今井千鶴子さんもそうだ。遊子さんも実は結局そっちに入って、そういう二つ構造があるんですよ。

筑紫　なるほど。馬酔木のほうの新人会はだいぶ違ってですね、たぶん三年くらいで閉じちゃったんです。それはどういうことかというと、新人会で頭角をあらわした人たちを自選同人にあげてしまって幹部にしてしまったんですね。それがちょうど現俳協が戦後派を入れはじめたころで、たちまちに現俳協の幹事になれる。馬酔木で同人に成り立ての新人の能村登四郎が、入ったらすぐ協会幹事になるとかね、だからものすごくバックアップの仕方は良かったんですけれども、一方、その笹子会じゃないですけれどもその後の新人会は、たぶん藤田湘子が育成したんですね。青の会とかいう会があったんですが、途中で分裂したはずです、だからゴタゴタの根っこはどうもそこにあったようです。笹子会が上手く行ったかどうかよく私は分かりませんけども。

本井　仲良くやってましたよ（笑）。

筑紫　ホトトギス系の新人の育て方と、それから馬酔木のやり方とはちょっと違いますね、どちらかというと馬酔木は促成栽培型でしょうか。要するに早く育てて幹部にしてしまう。だからたぶん馬酔木の人たちから見ると、楸邨、波郷の次の世代が藤田湘子、能村登四郎とはっきり見えていたはずです。

本井　だいぶ違うんでしょう。風土が。だからホトトギスというのは非常にゆっくり育ってるし、それから外へは宣伝しない。けん二さんがね、平成三年俳人協会賞をお取りになったときに、「珊」っていう雑誌がけん二さんと千鶴子さんと藤松遊子さんと、その「珊」に清崎先生がお祝いの文章書いてたんですよ。その、あの文章が僕ね、すごいショックでした。つまり、これほどの力のある人だったんだけども、世間では誰もそのことを知らなかった。で、やっとその自分たちの俳句がこうあるべきだっていうことがやっと世間に知れたことをすごく嬉しく思うっていう風に清崎先生が書いてらっしゃいました。あれを読んで、あ、こういうことなんだって。つまり虚子先生にしろ立子先生もそういうとこあるけども、外に宣伝はしてくれないから、世間には知られないんですよ。けん二さんみたいにちゃんと知られているとすごい人だってわかるけども、それを清崎先生はすごく喜ばれた。あれは私にとってはショックだった、お祝いの文章としては、いい文章でした。

句日記の作品

筑紫　あの、深見さんからことによったら句日記の話をするかもしれないと言われたんで、私あまり読んでなかった句日記のところを見てみたら、確かに虚子の句がたくさん論評されてるんですけど、ちょっと、何て言うのかな、違和感でもないですけれど、私なりの感想があるんです。

深見　あれは虚子先生の『句日記』（昭和二十六年から三十年まで）が昭和三十三年四月刊行されたので、その中の句を伺ったのです。

筑紫　面白いと思ったのは、実はですね、あのときにいらっしゃる若手四人のみなさんが、この虚子の句は他の俳句の世界の人たち、つまり馬酔木とかね、新興俳句とかそういう人には絶対分からないでしょうねと言ってる句が、案外そのうちの半分くらい今の私にも（あるいは私の同世代にも）分かるんですよ。だから三十年か四十年も経つと、俳句の作り方にはこういうものもあり、それを典型的にやってるのはやっぱり虚子だったということになると思うんです。逆にそのころ分からないでしょうねってみなさんが言ってらっしゃることが、ものすごく面白かったんです。たとえば「牡丹あり家の柱は曲がるとも」って、これ今の俳句の批評の水準で言ったらね、完全に丸がつくと思うんですよ。それから「炎天の庭石にある縦のひび」とかね。「墓洗ふ水の流れの足元に」ってこんなのもうね、岸本尚毅さんか誰かやりそうだし。

深見　岸本さんはあれだけ虚子を読んでいますからね。

筑紫　それを勉強してというよりはそういう句に我々も馴染んでしまって、今からその昭和三十年代の虚子の句でみなさんが分からないでしょうねと言ってる句が結構分かっちゃうというところがね、ものすごく面白い。

深見　面白いかもしれませんね。

本井　なぜだろう。

筑紫　私が思うにはまず伝統・非伝統を含めてみんな社会性俳句の煽りも受けてしまっていて、ホトトギス派の人も何か意味のわかる、論理的な俳句を案外作っていて、自分たちで褒めていたところがあるけど、俳句ってあんまり論理じゃないところがありますよね。そういうのがあの当時座談会なんかでも、その四人のメンバーが周りの世界を見回したとき、この句は評価されないだろうなと思ってしまった原因ではないかという気がするんです。けれど、本当の俳句ってそんな論理的に批評されるようなものではないんで、まあその意味では虚子も立派だったけれど、やっぱり時代の流れに随分影響されていたんではないかという気がします。

深見　そうかもしれません。今考えるのと違って、昭和三十年前後は今考えられないくらいアンチ虚子でした。

筑紫　だから今よく虚子の復活といわれていますが、別に復活してるというわけではなくて、周りの俳句を作っている人たちが、どんどん様変わりしてるからなんでしょう。

深見　結局俳句っていうのはどういうものが一番良い句かというときに、そういうところに戻ってくるっていうか。

筑紫　後の方に出てくる、「その穴は日よけの柱立てる穴」っていうのはね、これはね、私など一番作りたい句ですよね。

深見　いや、私どもがね、あのとき虚子先生に話を聞いて、一番、印象的なのがその句なんですよ。私たちがそういう句を作れなかったわけですよ。そんな句は大したものと思わなかった、私なんか。そうしたら桃邑さんがそれを延々と鑑賞しましてね、虚子がお言葉の通りだって言った、これが、桃邑って人の存在ですね、桃邑って人がどういう人だったっていうのを話すのにそこの部分を取り出して、桃邑って人は、虚子とこんなに気持ち良く俳句の話では通じ合う、そういうところまで達した人だと。

筑紫　そうですか。逆にものすごく歴史の先まで見えている人かもしれないという気もするんですね。我々から見ると、深読みといわれるかもしれませんが、ちょっと虚無的な感じもするんです。

深見　そうそうそう。

筑紫　余計な話ですが、我々の仲間の亡くなった摂津幸彦が言うにはね、俳句は虚無なんだ、虚無が大事なんだ、というんです。その意味で案外虚子って無を持ってるような気がするんですね、――虚子の無――それはこういう句に現れてるような気がしました。

すみません、もし深見さんの方で何かこの句日記とか何かそこらへんの話で伺えるお話がありましたら。一言いいたいことがあると伺っていましたので。

深見　私も「その穴は」の句を出そうかと思って。

本井　やっぱり。

筑紫　そうですか。

本井　そうでしたか。

深見　あの座談会をやってね、すごく印象的だったからです。私の場合は、あの座談会で「明易や花鳥諷詠南無阿弥陀」の句をお聞きしたのが、結局私の一生のテーマになりました。それをどういう風に自分で実践してくかっていうこと。
筑紫　あれは面白かったですね。花鳥諷詠が信仰であるといった上で、最後に「あなた方もそう考えていますか」って。
深見　八十四歳の先生に、三十代の私が一生懸命真剣な顔で聞いてるところでは応えました。
筑紫　ほとんどお芝居みたいですよね。畳みかけるように、虚子「あなた方もそう考えていますか」、けん二「考えております」、虚子「それはあやしいな。（笑）」って。
深見　今日の座談会と同じにこれくらいの近さでやってますからね、だから壇上でやってたりしているんじゃなくて、もう何回も何回も研究座談会をやっていて大体お互い気楽に話せるような段階になってるところにそういう話があったわけですからね、やっぱり応えましたしね。そしてなかなかああいうの難しいですね、正直、もう絶対のそうだ、信念だって言い切ることですね。やっぱりある意味じゃそういうところが浄土真宗に似てるんで、諸々の雑行を投げ捨てて一心に弥陀に帰命すれば本願を得るって、あれと同じですね。だからそれは信仰と言ってはおかしいって、虚子は必ずそういうところは慎重ですからね、絶対に俳句において信仰っていうことはなまじ言うもんではないということは時々言ってますからね。これはかなり聞かされましたからね、やっぱり心というものは信仰の世界でも、虚子の言う季題と一つになるということにおいては、共通してるところはありますね。それこそ、太極拳の宇宙と一つになって舞うとか、何でも共通してますね。昔から心は、死ぬことに対してそんなに進歩してないというところはありますね。

筑紫さんが季語と季題についてこの間『季語は生きている』（実業公報社刊）を出されましたね、季語って言葉虚子も使ってんですよ。虚子の区別は、要するに季節を表す言葉は季語と言っているんだけれども、俳句の歳時記で取り上げたものは季題なんだと。そしてその取り上げた季題というものを詠むのが俳句だと。その代わり新しい季題は良い作品があればどんどん入れると。そういうことです、非常に分かりやすいですね、虚子の考え方は。

筑紫　だから、題に昇格する前と後みたいな。

深見　山本健吉説と似てはいますけども、似てはいますけど実作者と学者の違いがありまして、非常にフレキシブルで、どんなもんでもいいんだというようなところもありますね。

筑紫　山本健吉の説だと五個の景物があって、その下に和歌の季題、更に俳諧の季題、更に俳句の季語。だから何か季語が上に行くほど偉そうな感じになる。

深見　システマティックでね。

筑紫　だけど虚子の場合はわりと下の方で。

深見　何でもいいんですよね。

季題の考え

筑紫　不思議なことに昭和の初期は、虚子はやたらと子供たちに俳句を教えるのに「落葉」という卑俗な季題を使っています。むしろそういうほうが俳諧の季題を教えやすいと思っていたんじゃないかなと思いますね。

深見　そういうことも言ってますね。要するに昔の人は梅とか桜とか時鳥だったけど、このごろの人はもうそれこそ蟻でも何でも俳句にするんだというようなことを言ってます。今日は今言ったことと、ちょっとお話しときたいと思ったのは、虚子は立子の句を、みんな褒めちゃうようなところはありますね。それで主観的ですね、他に比べると。だけど、私は、立子に直接聞いたことがありましてね、素十と二人でどうしても対比されますから。その時立子は、「私はじっと見るのはあんまり得意じゃないのよ、だけど私は、心がすぐ季題と一つになるのよ」って言ったんです。もうこれは花鳥諷詠の真髄なんですね。季題と一つになればあとは言葉がどうできるかというだけなんです。これが、なかなかできないんですね、季題と一つになるっていうのが。虚子は客観写生について次のように説いています、花鳥を写し取ることを繰り返すとだんだんと心が花鳥と親しくなって、「その花や鳥が心の中に溶け込んで来て、心が動くがままにその花や鳥も動き、心の感ずるままにその花や鳥も感ずるようになる」＊と言っています。あれは要するに心が季題と一つになるっていうことですね。自由にその中で遊ぶという。立子という人は、これがまあ詩人と言うんですかね、それが自由に出来る。これはもう私は立子俳句の真髄だと思ってるんです。だから、素十みたいに時間をかけて写生しなくても。そういうものを詠めたんですね。その代わり言葉の選択っていうものがありまして、それがただ具象とかそういうことでなくて、季題と一つになって何か言葉がリズムとして出てくればいいのですね、そういうものなら主観的でもいいということと、それからさかんに言われたのが客観写生さえ心がけてそこから出る主観はいいんですよって何べん言われたか分からないんです。

＊『俳句への道』〈客観写生〉（「玉藻」昭和二十七年七月）

筑紫　そうすると飯田龍太や能村登四郎だって許容できる俳句が生まれてしまうわけですよね。

深見　それはそっちから来たかどうかは分かりませんが、どういう言葉ならば許容するかっていう。で、その言葉の許容ってとこではさっきお話になった具象っていうことが一つあるんでしょうけども、具象だけでもないんですね。必ずしも。で、本当の気持ちが、言葉としてつながるとはっきりとそこから映像が広がっていって余韻が広がるものだと思うんですね。それが虚子の言う具象なんじゃないかと。要するにあるものが抽象だとどっちへ余韻を広げていいかわからないんだけども、何かのこうある言葉としての具象があったときに、そこから読者は心の中にいくらでも宇宙の中へ余韻が広がって行くんだと。そういうものをよしとしたんじゃないかと思うんですね。

筑紫　今のご指摘のところは大野林火の句でですね、「雪の水車ごつとんことりもう止むか」という句を取り上げて、で、たぶん深見さんたちがですね、楽泉園の句で、寂しくて耐えられない気持ちでしょう、と言ったらいやそうじゃないですと。そんなのとは関係ない、この句がいいんで、あくまでこの句は雪の水車を描いたものとしていいでしょう、余情としてそう解釈してもいいでしょう、と。雪の水車を描いたものとして面白い。

深見　それですね。

筑紫　まさに今おっしゃられた話通りじゃないかと思うんですよね。

深見　さすがによくご覧になってますね。何かね、そういうこと繰り返し言われたような気がするんです。

筑紫　なるほどね。たとえば先ほども季題の話をすると沢木欣一の句を取り上げてこれまた、塩田の句を褒めて、塩田は季語になるんでしょうって言われてますよね。だから季語と季題のその境目は作品が作っていくという意識なんですね。

本井　いい句があればそれが季題になる。

筑紫　そうそう。そういうことを言いたかったんじゃないかなあと思いますね。

深見　それで結構虚子が大正以降季題にした季語がたくさんありますからね。これはもう本井さんに聞いた方がいいんで、本当に昔の季題に比べて、新しい季題がふえ、そして新しい句をみんながが作るようになったのはたくさんあります。だからちっともそういう意味では固執してなかったですね。

筑紫　私が申し訳ないんですけれどもちょっと違う立場から見てると、季題の「季」よりはですね、題のほうに重みがあるような気がして。虚子の俳句全般を見るときはね、季題の「題」で決めちゃってるから、題がないのは俳句じゃないでしょって、ここはちょっと議論があるところかもしれないんですけれども。

深見　磐井さんの本の中の題詠文学というのを読みましてね、あれにはちょっと参りました。というのは、私の俳句も題詠文学なんです。さっき言いました、季題と一つになるっていうことを心掛けてるんですが、結局私は吟行しているときにも、そこに立ち止まって、季題と一つになろうとしているわけです。ということでは題詠ですよね。本当の意味の題詠文学っていうのは歴史を持ってるもので、そういうものを含めて言うんで、ただその題についてやるから題詠だってんではないっていうことはあるわけですけども、ただ方法としては、やっぱり他のテーマよりも季題のほうに重点を置いて作ってますからね。

筑紫　私もあんなこと思いついたのはですね、山本健吉の『現代俳句』の初版の冒頭は虚子から始まってるんです。現代俳句は虚子から始まって、それのはじめの句が帚木の句なんですよね。「帚木に影といふものありにけり」。だけど、そこでやっているのは山本健吉流の文学鑑賞ですね、本意本情をズラズラ和歌から始まって語って名句の由来を説明しているんです。だけどご承知の通り、虚子はこの句を東大俳句会に出したときのことを読売新聞の記事で縷々書いてますよね。あれで見ると全然そんな本意とは関係なくて、頭の中でこうグルグルシミュレーションして、それで最初は露がない、次は影がない、いや影はあるんだとかね、そういうのを順次全部を解説しちゃっているんです、これはちょっと山本健吉の解釈とは全然違ってるんじゃないかなと思いました。

深見　プロセスが違うんですね。

筑紫　作ってる過程と山本健吉の解釈の過程とは全然違うんで、作者の、作家としての手法として考える――虚子のそういうやり方を考えると、虚子はそのとき題詠主義だったと思ったわけです。東大俳句会は、兼題でやられていますよね。

深見　昭和の初め、秋桜子、青邨らが虚子の下で始めた「東大俳句会」というのがありまして、後に「草樹会」というのです。兼題だけで作ったんですね。私も草樹会に何回か出たんですけど、終わりごろはちょっとゆるかったように思うんです。特に戦後は鎌倉の大仏殿でやりました。それは大仏殿の句も入ってますけどね。ですけどね、たぶんね昭和十年前後の一番張り切ってるころは（青邨先生も出席の頃は）、題詠だけだったと思う。つまり兼題以外は出句しない句会だったと思います。

筑紫　私も秋櫻子の句集『葛飾』とかを読み、有名な句を見ていくと東大俳句会の題詠句がそのまま入ってるんですよね。

深見　そうお書きになってますよね。

筑紫　新興俳句って普通はね、実感に基づくと思われていますけれど、秋櫻子のあの句集は結構題詠句集じゃないかと。

深見　それをいくつかこう集めて、一つの。

筑紫　組み合わせちゃって。

深見　上手く配列してね。

筑紫　ホトトギスの題詠で雑詠に載った句が、特に『葛飾』の後ろのほうの連作になってしまっている。だから編集はしているけれど、構成的な制作法ばかりではないなと思います。

深見　編集があるんですね。

筑紫　俳句は題詠ですよね。

本井　あなたがそんなこと言うとは思わなかった。

筑紫　だけど私は題詠があってそれに対する批判があれば非常に健全だと思うんですよね。少しやりきれなくなったからホトトギスでもそういう嘱目みたいな句がだんだん増えてきたみたいな感じなんだけど、だけどやっぱり本来は俳句、江戸時代から古代までさかのぼると題詠ってのは非常に大事なやり方だと。

深見　もう一つ、虚子が尊重している季題趣味です。ですから、詠んでる中には意識的にも無意識的にも昔からの文学が入ってるわけです。言葉というものの中に。それを知ってる読者がよく解釈できるか、知らない読者はただ言葉だけで感じるかっていうところ。言葉としてそれがいろんな形に使われてたものをみんな含んでるわけですからね。ですからそういう意味だと、花鳥諷詠ってのは題詠文学だと言われるのももっともと思いました。ただ、あくまで季に重点のある題詠と思っています。

筑紫さんが、さっきおっしゃった、季題の季よりも題の方に重みがあるというのは、花鳥諷詠の場合、全く違うと思うんです。「花鳥諷詠と申しますのは花鳥風月を諷詠するといふことで、一層細密に云へば、春夏秋冬の移り変りに依つて起る自然界の現象、並びにそれに伴ふ人事界の現象を諷詠するの謂であります。」と虚子が言っているようにこの四季の移り変わりによって起こる自然界の現象、並びにそれに伴う人事界の現象の象徴が季題なのであって、まさに芭蕉の言う乾坤の変です。それを作者の出合いで俳句を作るのが客観写生ですから、題詠と言っても、あくまで季題の題詠であって、季を最も尊重するのが、花鳥諷詠と思います。四季の変化に伴って繰り返される現象。その中で人も植物も動物も生まれ育ち死んでゆく。人の心は皆違い、四季の現象も皆違う。その出合いは、深くなると皆違います。季題の本意は、無限の幅を持つと思ってそれを願って作句してきたつもりです。

本井　何も困らない。

筑紫　深見さんからそこまでおっしゃっていただけて光栄です。もちろん私も花鳥諷詠が題詠に尽きるとは思っていません。しかし、最近俳句が「季節の詩」だとだけいっていると、題詠というもう一つの古代からの文学の本質が忘れられているように思ったものですから、少し誇張した言い方になったかもしれません。特に、虚子の主張というだけでネガティブに受け取られてしまうところもあったようです。

深見　あの頃の俳壇は、今の時代では考えられぬくらい反虚子でした。又研究座談会を読んでいただければ分かりますが、席上虚子先生の句については皆真摯に鑑賞していると思います。その中で桃邑さんが一番虚子俳句を深く理解していると思います。

筑紫　むしろ時代の差ですね。

深見　虚子俳句の神髄というものは、今でも誰にも分からないかも知れません。研究座談会の「句日記」鑑賞を読みそう思います。

筑紫　だけど今や新資料も色々発見され、自由で新しいことを言えるようになってますよね。本井さんの「夏潮」の「虚子研究」にも論文が集まっているし。私のこの本も殆ど本井さんのプロデュースです。だから虚子論は書き放題。

本井　頑張ってください。期待してます（笑）。

虚子聞き語り

深見　それとあと一つ、座談会に載ってないんですけど、芭蕉について、虚子先生が言った言葉があるんです。私が、虚子先生のところへ行ったときに聞いた話で、それは私が、「虚子編『新歳時記』季題一〇〇話」（飯塚書店、平成二十六年）という「珊」に載せた文章を集めた中に一部入れたんですけども。私は虚子先生が芭蕉を大事にしてたことがよく分かると思います。一番最初に言われるのが『俳句はかく解しかく味う』で「「芭蕉の文学」である俳句の解釈はこれをもつて終りとする」と、書いてありまして、あそこにかなり「幻住庵記」のことも書いてあるんですね。そして芭蕉の句をたくさん取り上げて。あれは昭和の始めだったんです。それで私が一人で虚子庵に行き、虚子先生と話したときにですね、こういうことを話されたんです。

「芭蕉というのは、哲人というのではなく、作家であったと思う。これは「奥の細道」や「幻住庵記」を見ても分かる。そのことがまことでないというのではないが、生涯を創造したのだと思う。「幻住庵記」にしてもわびしいということはあるにしても、又一方、あの記を書こうという考えがあったものと思う。生涯を創造するということは又、生涯を省略するとも云えると思う。野心家というものは、そういう傾向がある。子規もそうであった。芭蕉が作家であるということは連句を見れば分かる。そこに現在の小説にもあるような世界が出ている。自在であった。「紅梅や見ぬ恋作る玉すだれ」のような句ばかりではなく、「馬に出ぬ日は内で恋する」のような境涯も読むことができた。」

生涯を創造するっていうことと、それから幻住庵記はまことでないことはないんだけども創り上げたと、——要するに創作によって、あのものを創るということをしたということですね。「奥の細道」については、最上川にも色が浜にも虚子先生最晩年に行かれています。あれだけフィクションが入ってるっていうことを、具体的にはおっしゃらなかったんですが、「幻住庵記」についてはね、かなり前から書いておられる。そしてあれは実際に起こったことだけではなくて自分が創作して、その侘しさを創造、創作してあの一編を作ったっていうことを言ってるんですね。矢島渚男さんが今度『新解釈「おくのほそ道」』を出版され、これを読んでえらい感心したんですけども、虚子先生はそこまではやらなかったけども、芭蕉の作品、人間というものの見方がね、創作……いろんなことを混ぜて、そして創作をしてくと考えておられたと思います。写生文的な事実を尊重する意味だけじゃなくてね、そういう見方が、あったように思ったんです。

筑紫 なるほどね。

本井 今お読みになったのは、虚子先生がお話になったことをメモなさったのですね。

深見 私が若いときに書いた聞き書きです。

本井 ああ、そうなんですか。面白いですね。特に作家で、哲人じゃなくて作家だったって、その通りなんでしょうね。

深見　哲人であって作家だったとかね、こういう言葉ってのはいい言葉だなと思うんですよ。風雅の誠を探るということだけを言うとね、えらい真面目な人だけになってしまうんですけど、そうじゃなくて文学者だったんだと。創作者だったんだっていうことを虚子は早くから思っていて。

本井　そうですね。その意味ではご自分と同列ですよね。

深見　そうそうそう。

本井　そういう気持ちですよね。

深見　自分の仲間だっていうかね。そういう意味で芭蕉を尊重してたっていう風に思ったことがあります。

筑紫　今のお言葉の中に、創造であってまた省略って……省略って省くって意味ですよね。いいことばですね。これは創造ばかりでは瞞着してしまう、付け加えてしまっているから。

深見　何を省略するかって大事なんですね。

筑紫　省略ってのはものすごく大事ですよね。

深見　ものすごく大事ですよね。俳句と同じですね。

筑紫　芭蕉の話が虚子の俳句の作法に繋がるのはちょっと意外でした。

深見　今日ちょっと思い出しましてね。それからもう一度は、人間らしいことがあるんです。立子に「たんぽぽと小声で言ひてみて一人」っていう句があるんです。あれが「ホトトギス」の雑詠巻頭に載ったころ、一人でまた私行ったんですね、話をしているうちに急に仕事場の俳小屋へ戻って、雑詠の束をぶら下げてこられましてね、そして、今回、立子はこういう句がありましたって。非常に新しいと思いますと言われたんです。そういうのが人間的ですね、非常にね。我々若い者に、立子はこんな新しい句を作りましたって。

本井　雑詠の投句の半紙ですね？

深見　それはあのころ「ホトトギス」の雑詠選は年尾先生ですが、年尾先生が「ホトトギス」に書いたように、年尾先生は虚子先生と相談して巻頭は選んだんです。だからその原稿があったんでしょ、仕事部屋に。

本井　嬉しかったんでしょうね。

深見　それをぶら下げて。そういうのは直接会ったときの楽しみですね。虚子先生ってのはそういうところがあったんだとかね。

筑紫　いやぁ、いいお話をたくさん伺えます。

人の句を読む

本井　虚子先生という方は人の句をお読みになるのがお好きだったんでしょうね、現代俳句の人ってよく知らないけど、多分一番違うのはそこかなと最近思うのは、人の句を読むことを虚子先生なんかは本当に楽しんでおられたんじゃないかと思う節があるわけ。しかも一度選んでもう一回雑詠選集に選び直すという、あれは何だったんでしょう。

深見　やっぱり理論だけではどうにもならんですものね。実作中心というのが大事な虚子の主張ですね。『俳句の五十年』（昭和十七年）に次の言葉があります。「選をするといふことは天が私に命じたものでありまして、これは私の責任であると。さう考へてゐるのであります。また、からも考へております。選といふが畢竟これは創作である。作者と手を握り合つて、創作をしてゆくのである。……」。

本井　ただ雑詠選集*というのは考えてみれば二度手間の仕事なわけでしょう。

＊『ホトトギス雑詠全集（昭和六〜七年）『ホトトギス雑詠選集』（昭和十三〜十八年）

深見　そうそう、たくさんの中で選んでね。

本井　しかも、義務ではない。

筑紫　そこからさらに虚子の歳時記がまたできたという話を聞きますが。

深見　そうですね。昭和九年虚子編『新歳時記』の時は『ホトトギス雑詠全集』が先に出来ていてそこから『新歳時記』の例句を虚子が選んでいます。それで昭和二十八年の再改訂では真下喜太郎さんなんかが虚子選『ホトトギス雑詠選集』四冊から例句を補ってますね。虚子続『新歳時記』の「再改訂に際して」にそう書いてます。一番最初は虚子が選んでますね。あの、初版は。

本井 もう既に大正の頃からそういう試みをなさってるんですよね。「雑詠選集」というのは。

深見 あの『新歳時記』で貴重だと思いますのは、ちゃんとホトトギス雑詠全集というのが歳時記編集の時既に刊行されてるんですね。ですから季題別になってから選んでます。要するに、ただ「ホトトギス」から選んだんじゃなくて、季題別になったものから歳時記の例句を選んでるというのは、やっぱり非常にそれぞれの季題の例句への虚子の考えがよく出てると思いますね。

筑紫 やっぱりおっしゃった、こっちの世界（ホトトギスでない世界）の人は作家のつもりでいてね、作ることに専念している。

本井 人の句を選しないじゃない。僕は虚子で一番偉大なことは、人の句にそこまで時間をかけられるということ。どこまで選んでも本来自分の句ではない。でも虚子が選ぶことによって、選は創作なりと言うけども、選ぶことによって自分をその句にかけるとこがあるんですね。人の句に。だから著作権に対する考え方もちょっと違う。

筑紫 虚子が出てるあの通年の句会は大方が題詠句会――兼題とかじゃないんでしょうか。

深見 そうじゃありませんね。兼題は出てましたけども、あとは吟行して作るっていう会になってましたね。特に昭和五年八月から始まり毎月行って百回となった「武蔵野探勝」ではまったく兼題を出してません。あれが一番自由に作った句会じゃないですかね。あれまでは吟行に行きながら兼題が出てた。ですけども武蔵野探勝はまったく兼題出てませんから。あの頃から句会も結構自由な句を入れてたと思いますね、兼題は出しているものの。

筑紫　じゃあどちらでもいいと。兼題でもいいし、雑詠でもいいと。

深見　昭和二十六年から始まった「ホトトギス」の若者の虚子の下での夏の稽古会なんか爽波さんなんかがよく言うんだけど、鎌倉、山中湖畔、千葉神野寺というようなところに行きながら兼題が必ず出たんです。

筑紫　ホトトギスの初期の吟行句会は、吟行だけれど句会に行くと句会場にペタって確かに「題」が張ってあったそうです。

深見　大正時代はそうですね。

本井　どこのですか？

筑紫　第一回は千葉です。千葉・土浦・牛久。第二回は大洗です。

深見　そうです、そうです。

筑紫　旅館に行くとね、「春の水」って題が貼ってあったり。

本井　ああ、あの、大正のころのね。

筑紫　そうそうそう。大正四年。ホトトギスによって日本ではじめて吟行句会が始まった時の話です。

深見　そうですね。

研究座談会から洩れた俳人

筑紫　齋藤さん何か、伺ってみたい話がありましたら。

齋藤　二つ三つじゃあ簡単に。あの京極杞陽さんって方はこれはどういう形で上がったんですかね。なんか僕の中にはね、昔の記憶、四、五十年前の記憶なんだけども、この人だけがいわば朝日俳壇の虚子選で、あそこからスター俳人としてね、出たのは京極さんだけじゃないかというようなことを。

深見　いや、京極さんはそこからではなくて、そこから出たのは高田風人子さんです。

齋藤　ああ、高田風人子さん。あれ朝日俳壇から。

深見　京極杞陽という方は、虚子が昭和十一年、ヨーロッパへ行ったときにベルリンの句会で初めて知り合って、そして認めてそれで帰ってきてからずっと戦前から作っている。で、戦後は一番虚子と親しく、作も虚子の心に沿った作家でありました。

齋藤　つまり虚子選のその、朝日俳壇で何かこういい作品作った人はいずれホトトギスに入っていったわけですか、入門するわけですか。やっぱり新興俳壇っていうのは違いますかね。

深見　ええ……。

齋藤　何を言いたいかっていうと、つまり虚子後もう随分何十年と経つけどもね、新聞俳壇では草田男選とか楸邨選とか色々あるけども、俳壇的にきちっとなった人は一人もいないっていうこと。

本井　新聞俳壇の限界があるんだろうと。ところが虚子はそこからちゃんとピックアップしたじゃないかと。そうですね。高田風人子はそうですよ。確かに朝日俳壇ですね。

齋藤　それからね、中村汀女さんについてはないの。他の人については出てくるけども。

深見　ああ、本当ですね。出てない。

齋藤　汀女さんは、何かものすごいね、ある俳句ではね、鷹女みたいな俳句多いでしょ、あの人。あるんですよ。

深見　何がですか。

齋藤　中村汀女さんの俳句にね、三橋鷹女と言ってもおかしくないようなね、心の憂いだとか渇望なんか詠った俳句があって僕はびっくりしたことあるんだけどね、こういうのを汀女さんは作ってると。ああいうものを虚子は選んだのかしらっていう。

深見　ああ、考えてみれば研究座談会に汀女さんの句が出てないですね。

本井　何で汀女さん入ってなかったんですか。

深見　何で入ってなかったんですかねえ。それは私たちが取り上げなかったということだけだと思うんですけどね。

齋藤　他に女性はたくさん……津田清子だとか桂信子とか全部いるけどもね。

筑紫　龍太がいるのに澄雄もいません。
深見　だから何で森澄雄と汀女が入ってないのかって確かに今ご指摘のように抜けていますね。
筑紫　あと橋本多佳子も。
深見　ああ、橋本多佳子ね。まあ橋本多佳子の場合になると……。
齋藤　久女との関係かな。
深見　いやあ、そうではないし……。わかりませんよねえ、ただ今の時点から見るとおっしゃるように抜けてるのはおかしいですね。
本井　必ずしも網羅しようという発想ではなくて、聞いてみたいモチベーションが上がったものは聞くけども、その時代の人を全部網羅しようっていう、そういうセンスではなかったってことですね。
深見　それはありますね。この時代で森さんの活動はありますが、龍太・澄雄と併称されるのはもう少し後でしょう。森澄雄なんかは比較的虚子はいいと言ったと思いますけどね。
筑紫　ただやっぱり中心になってるのが人間探求派と社会性俳句で、それがまず取り上げられてますからね。
深見　人間探求と社会性が、あのころ頭に強かったんですね。そしてちょうど時代としては「俳句」で大野林火編集長が社会性を主唱した時代ですよね、昭和二十八年か二十九年、社会性俳句がいろんな風土俳句になってくっていう時代の中でやってますからね。朝日新聞に連載された

「虚子俳話」が座談会と同時に進行してるわけですよね、それであの中では一つだけ座談会に直接触れてるのがあるんですよ。このごろ多くの作家を見ることがあったけども具象か単純かが足りないと思うという。具象か単純かっていう章一つだけですね。それでね、私が残念に思うのはね、何でもっと存問とかね、ああいうことを聞かなかったと。今「花鳥諷詠」とともにいわれるのが存問・極楽の文学でしょ、それについてはさらっと終わっちゃって。

筑紫　たぶんあの座談会の作家論の直前では、やっぱり角川の「俳句」とか社会性俳句とか意識しながら文学論的な話題が多い気がしたんですよね。もしも研究座談会で存問で続けても、人間探求派や金子兜太などの社会性俳句でそれを受ける話題とはならなかったでしょうね。おっしゃったように研究座談会がその俳句理論を検討する場だということにすると、やっぱり正々堂々とわたりあえる文学論みたいなところからまず入っているのかなと思いました。

深見　いやそれはまあお恥ずかしいことに私は文学論は何も知らなかったですが、土居光知の文学論とか岡崎義恵の文学論とか色々一人ずつ読んでね。私なんかのわけのわかんない解釈をよくじっと聞いて下さったと思うんです。

筑紫　私も研究座談会で出てきた本間久雄の『文学概論』。これ冒頭だけコピーとったんですが、目次見ただけ一寸辟易としますね。これ、こんな分厚い本で。

深見　みんな何か若いものですから、みんな一通りそれぞれ読んで、土居さんなんかもう覚えてませんよ、それを私が一生懸命やってんですね。本間さんの文学論を非常に虚子先生は同感して。

筑紫　今でもよっぽど時間があってもなかなか読み切る気はしないですね、これは。

深見　いやあ、しかし私なんかは国文学何も知りませんからね。この座談会で少しは、清崎さんなんかと触れて、文学論的なものを読んだかなっていう気がしないでもないです。

結び

齋藤　これは座談会でラジオとか映画なんかも取り上げてるのね。別のところで見るとフランス映画がすごく好きだっていうことでね、「パリの屋根の下」なんかがすごく好きだっていうことを書いてますよね。そういう話題もこれは出てるわけですか。

深見　さらっとですね。この場合は。

齋藤　フランスはやっぱりあの時代はフランスは憧れだったしね。池内氏も留学してるしね、フランスはね。

深見　池内友次郎さんが留学していましたからね。しかしある意味ではヨーロッパへ虚子先生が行ったのは、風土に直接触れる俳句を作ることと、季の文学としての俳句を広めることだったと思います。青邨先生なんか一生懸命美術館行ったり何かするけども、そんなもの全然見ないですね。

本井　はい、そうです。虚子は嫌いなんですよ、そういうの。
齋藤　すぐ作ってる、格好いいね。
筑紫　その意味で言うと今回取り上げさせていただいたのは作家論ですけども、私が飛ばしてしまったところで結構同時並行で進んでた「虚子俳話」と読み比べてみるともっと面白く読めるかもしれませんですね。
深見　当時「虚子俳話」を一生懸命読んでいながら、何で「虚子俳話」と関連した話を聞いてないのか、自分でも今思い出せないんです。
本井　取り上げてはいますよね。
深見　はっきり研究座談会に触れているのは前にも言いました昭和三十一年一月十五日の「虚子俳話」で、題は「単純化、具象化」です。人間探求派の句を取り上げたあとで、俳話にはこの頃少しそれ等の人の句に接してみる機会があった、として単純化、具象化で句のよしあしを判別しています。そしてあらためて「虚子俳話」を読み返しますと、人間性社会性に重点をおく俳句、根源俳句、俳句の二重性ということはその後もかなり何遍も俳話に出てきます。その上で、花鳥諷詠を中心のご自身の信念を述べられている。「研究座談会」がお役に立ったかなと思ってうれしいです。
　又、次のテーマを風雅にしようと先生が提案して亡くなられ実現しなかったこと。又書斎を改築後の、「玉藻」の「俳諧日記」に今後も続けることを書かれていることを記しておきたいと思います。

筑紫　貴重なお話を長時間にわたり、ありがとう御座いました。興味深いお話は尽きませんが、一旦ここで終了させていただきたいと思います。どうもありがとうございました。
本井さんも司会をご苦労様でした。

第2部

研究座談会による戦後俳句史研究

第1章　はじめに

1. 研究座談会の順番

研究座談会は、一日の座談会で原則「玉藻」三回分の座談を行っていた（第三回座談会は二回分）。従って、すべてを通して眺めるより、三回一座談会として分析する方が理解しやすい。特に、「虚子戦後俳句史」はそうすることで談話者の共通の理解が得られる。今これを分けてみると、

第一回座談会（二十八〜三十回）：人間探究派（楸邨・波郷・草田男）〈虚立泰敏け遊〉
第二回座談会（三十一〜三十三回）：ホトトギスの典型派（素十・杞陽・立子）〈虚立敏け〉
第三回座談会（三十四〜三十五回）：新興俳句（不死男・三鬼・静塔）〈虚立敏け〉

第四回座談会（三十六～三十八回）：社会性俳句と抒情派群（一部）〈虚立敏け遊〉
第五回座談会（三十九～四十一回）：ホトトギスの新人群〈虚立敏け遊杞〉

となる（（ ）は取り上げた作家、〈 〉は座談会に出席したメンバーの名前の頭文字）。これ以降の回は少し混乱しているが、また五十三回以降は、第一回座談会より時間的に溯る4Sをはじめその同世代を個別に順次取り上げている（秋桜子・誓子・青畝・青邨・風生・草城・蛇笏）。

第2章以下は、研究座談会で取り上げられた作品とそれに対する虚子の鑑賞を網羅してみたものである。これにより、虚子の率直な感想を伺うことが出来る。その際、右記の順番と異なり、通説の現代俳句史に従って作家を配列し直してみた。この方が作家を検索しやすいからであるが、初期の回ほど虚子の発言は厳しいものがあるようであり、その点注意が必要である。

2. 虚子独自の俳句基準

研究座談会の虚子の発言の中で見られる最大のポイントである「批評用語」を見てみよう。「研究座談会」における虚子の俳句鑑賞で頻繁に登場する代表的な評価用語は次のようなものである。

【虚子評価用語（現代語表示）】

①**われらと同じ俳句**（我らに近く同根から出た俳句・我ら仲間の句の中にあっても異様には感じない・我らの好む句等）

②**われらと違う俳句**（我らにとっては門外の句・表現法が我等仲間と違う・どこか感じにそぐわない・言葉が違っている等。ただし、「云はんとする処は同情が持てる」「此の句などは分らんことはない」などの条件が付く場合も多い。）

③**問題ある俳句**（俳句というのはどうかと思う・陳腐である・俳句を難しく考え難しく叙する・晦渋である・気取つている）

さて『俳句への道』（昭和三十年一月、岩波書店刊）の「選句」の項で、虚子が「従来私のやっておった『ホトトギス』の選句について一言して置きたい。」と述べている項目がある。

「先ず私は俳句らしいものと、俳句らしくないものとを区別する。その思想の上から、またその措辞の上から。

思想の上からは大概のものは採る。非常に憎悪すべきものは採らない。

措辞の上からは最も厳密に検討する。

材料の複雑と単純、ということになると比較的単純なものを採る。俳句本来の性質として単純に叙して複雑な効果を齎すものを尊重する。斬新なるものをもとより喜ぶが、斬新ならんとして奇怪なるものは唯笑ってこれを棄てる。

陳腐なものはもとより好まぬが、併しその中に一点の新しみを存すればこれを採る。材料は殆ど同じものであっても、措辞の上に一日の長あれば喜んでこれを採る。」

虚子は俳句の評価を花鳥諷詠や客観写生で行っていない。俳句らしい思想と措辞を持っているかで決定する。これは、右に上げた三つの評価用語と基本的考え方は合致しているように見える。すなわち、「俳句らしいもの」「一点の新しみを存す」るもの、「措辞の上に一日の長」あるものは是であり、「斬新ならんとして奇怪なるもの」は非である。

もう少し詳しく眺めてみよう。「①われらと同じ俳句」については、『俳句への道』の項目がほぼ当て嵌まるに違いない。「斬新ならんとして奇怪なるもの」は「③問題ある俳句」と理解してよいであろう。しかし、「②われらと違う俳句」については、これらの要件が否定されているか否かはあきらかでない。「われらと違う俳句」であっても「俳句らしいもの」「一点の新しみを存す」るもの、「措辞の上に一日の長」あるものを見いだせないかどうか、それは個別の虚子の判断を見なければならない。

ここで私は分かり易く、二つの基準を仮に用意したいと思うのである。というのも右に掲げた

「選句」の基準は〈ホトトギスという私塾の成績にすぎず、あえて天下に展観しようとするものではない〉と虚子が言う以上、日本全体の俳句を律する公の基準とするためには、もう少し厳密さが必要だと思うからである。

【虚子評価基準】

①絶対基準：熟した表現—不熟な表現

「俳句らしいもの」「一点の新しみを存す」るもの、「措辞の上に一日の長」あるもの——更に（序章で述べた「虚子俳話」で指摘された）格調、調子、リズムを持ち、単純化、具象化が進んでいるものを、熟した表現と考えてよいと思う。そうでないものを、不熟な表現と呼ぶ。そして不熟な表現は絶対的に虚子にあっては否定される。

②相対基準：われらの俳句—われらと違う俳句

これに対して、「われらの俳句」と「われらと違う俳句」という基準は虚子といえども絶対的に否定する根拠を持たない。我等にとっては門外の句・表現法が我等仲間と違う・どこか感じにそぐわない・言葉が違っている等は否定の理由とはならない。例えば、参考編で述べる「配合法」の詠法を虚子は「斯く申す私の如きも此種の句作法（配合法）は余り自分では実行しない」と述べているが、これは配合法の否定ではないはずである。

このような基準を経て、虚子の推奨する戦後俳句を掲げてみる。

妻病めり秋風門をひらく音　秋櫻子
きちきちといはねばとべぬあはれなり　風生
夕涼しちらりと妻のまるはだか　草城
飴なめて流離悴むこともなし　楸邨
葛咲くや嬬恋村の字いくつ　波郷
鶏走る早さや汗の老婆行く　草田男
獄の門出て北風に背を押さる　不死男
鉢巻が日本の帽子麦熟れたり　三鬼
徐々に徐々に月下の俘虜として進む　静塔
子にみやげなき秋の夜の肩ぐるま　登四郎
夕日沖へ海女の乳房に虻唸り　欣一
子も手うつ冬夜北ぐにの魚とる歌　太穂
人を責めて来し冬帽を卓におく　さかえ
友ら護岸の岩組む午前スターリン死す　鬼房
雪の水車ごつとんことりもう止むか　林火

秋嶽ののびきはまりてとどまれり　龍太
夜々おそくもどりて今宵雛あらぬ　民郎
冬日向跛あゆめり羽搏つごと　康治
朝雉子や吾は芥をすてゝゐし　綾子
風邪ごゑを常臥《とこふ》すよりも憐れまる　節子

3. 有季の前提

右に述べた二つの基準は虚子が作品を評価するに当たっての基準であるが、ここでは季題があるかないかは基準となっていない。不思議に思えるかもしれないが、これは俳句の基準ではなく、虚子における俳句の絶対前提だからである。従って季題のない俳句(?)は「俳句」ではなく「十七字詩」と呼ぶべきであるという主張を一貫してしている。基準以前の前提となっているのである。

にもかかわらず、不思議なことに「十七字詩」には「俳句」と同様の評価基準が適用されると考えている。「(「十七字詩」も「俳句」も)面白味は同し文字が齎らすのだから同しでなければならぬ」(五十回)と述べている。そして実際、以下の各章でも、また次に掲げる第四十六回(鳳作の句。辰之助の句／無季論）でも、無季俳句についてこの基準に照らした評価を行っているのである（四十六回）。

しん〳〵と肺碧きまで海のたび　　篠原鳳作

虚子　面白いと思ひます。俳句ではないですね。十七字詩ですね。若しくは十七音詩といってもいゝ。

虚子　［十七字詩というものが俳句に対するものとして独立の価値が出て行くか（けん二）］出来て行くと思ひますね。詰まらないが、

祇王寺の留守の扉や推せば開く　　虚子

は俳句ではないが十七字詩である、と考へる。これは季を入れる余地がなかつたのだ。

＊

虚子　例句の伴はない新季語は未だ季題として認めるわけには行かぬ。いゝ句の出来てゐる新季題はどし〳〵採用すべきである。歳時記は常に多少とも異変しつゝある。これは古来からさうである。今にはじまつた事では無い。例へば『海の旅《ママ》』は夏の季題としてもいゝでは無いかといふ説があるとする。併しも少し『海の旅《ママ》』の句が沢山出来て、自然々々季題になるのを待たなければならぬ。

虚子　『海のたび』の句も夏の感じだと云へば云へないことも無いでせう。
虚子　……大勢の人がこれを作つて来て夏の季題として推し進めればいい。季題としても価値のあるものは自然と極つて来ますね。

妻とおし真実遠しひとり病めば　石橋辰之助

虚子　それは感心しない『真実遠し』といはなくてもよからう。
虚子　両方とも季が無いから俳句とは思はぬ。仮に十七字詩として云へば前の句はよい。あとの句は詰まらぬ。
虚子　［『海のたび』は俳句的ですね（立子）］それはいゝ。でも俳句ではない。
虚子　［秋桜子は季がなくても季感があるからいいという（敏郎）］さういふ風に言ふと、俳句の規約が曖昧になつて来る。季感があるだけで許すとなると俳句は乱れる。

蝶墜ちて大音響の結氷期　富澤赤黄男

虚子　『結氷期』といふのはどういふんですか。
虚子　［こういうのは説明できたらつまらないということです（けん二）］面白い処があるんぢやないかといふ気もするね。
虚子　［草田男の句は季がある（立子）］草田男は理屈つぽい。

虚子　『蝶墜ちて』は理屈がなくていゝね。

【注意事項】

本稿を読むに当たってはいくつかの注意が必要である。そのポイントを掲げておく。

①この座談会は、研究会メンバーが選んだ作者と句に対し、虚子が感想を述べる形式を取っている。研究会メンバーが同情的であったり、選句そのものにも研究会メンバーの嗜好が入っている可能性もあるので注意が必要である。

②座談会の席であるので、すでに研究会メンバーが発言している内容については虚子は改めて発言していない可能性がある。また研究会メンバーの発言を受けた虚子の言葉は限定的に理解すべき部分もあるようである。以下では虚子の発言を抜粋したため、必要に応じて研究会メンバーの発言要旨を［　］で示した。論旨は一応たどりやすくなっていると思う。そのほかの補足事項も［　］で示した。なお、研究座談会の最中の発言であっても作品鑑賞に全く無関係と考えられるものは、虚子の言葉であっても削除した。

③討論の対象は研究会メンバーが研究の過程で選んだものであるため、戦後俳句が中心だが、議論の過程で戦前の作品が引用されていることもある。

第2章　大正作家＝「進むべき俳句の道」作家

以下、大まかな時代順、グループ順に分けて作家と虚子の鑑賞を紹介する。冒頭で、作家ごとに、紹介されている研究座談会の回数（作家によっては一回とは限らないこともある）と簡単な略歴を示した（三省堂『現代俳句大事典』、富士見書房『現代俳句辞典第二版』などによる）。鑑賞は私の独断である。

第2章では「進むべき俳句の道」に登場した作家を取り上げたが、この時代に存命活躍した作家は蛇笏ひとりとなっている（渡辺水巴は昭和二十一年、原石鼎は昭和二十六年、前田普羅は昭和二十九年に没しているが、戦後の活躍は少ない）。

① 飯田蛇笏《いいだ・だこつ》　研究座談会（60）

略伝――明治十八年～昭和三十七年。早稲田大学在学中に虚子の俳諧散心に参加。ホトトギスに雑詠が復活後再投稿、虚子の『進むべき俳句の道』（大正七年）で渡辺水巴、原石鼎、村上鬼城、前田普羅らとともに推奨さる。故郷の境川村に帰り「雲母」を主宰。石原舟月、長谷川双魚、柴田白葉女、石原八束などを育てた。飯田龍太は四男。句集に『山廬集』『霊芝』『家郷の霧』など。

鑑賞――研究座談会では虚子から佶屈な表現を批判される。

虚子 作者は信ずる処があるのであらうが、我々には分らない。

虚子 昔から蛇笏一流の雄勁ならんとする句はあつた。でも分らぬ句ではなかつた。

虚子 敍法が不賛成だ。

時のかなた昇天すもの日のはじめ

ことごとく虫絶ゆ山野霑へり

虚子 ［霑へりというのは普通用いる漢字か（けん二）］キンテン（均霑）といふ言葉はあるでせう。

虚子 私等が句を作る場合は斯うは云はない。なるべく平明な文字を使ふ。かういふ風には云はない。

虚子 山野に虫の音が絶えてしまつたと平たくいふ方が、適切に感じますがね。

虚子 平つたく敍すると平凡だと云ふ人もあるでせうが、我々はさうは思はない。

虚子 言葉を正しく整へるべきだ。

虚子　『虫絶ゆ山野』より『虫の音絶えし』と云つた方がいゝではないですか。

ことごとく虫の音絶えし山野かな

で、作者の云ひ表はさうといふ処は分ると思ひますね。

残暑なほ胡桃欝たる杢の家

虚子　もう少し穏やかに云へないものか。けれども作者の表はさんとしてゐる処はわかるが。

雪解けぬ跫音どこへ出向くにも

虚子　『何処へでも』といふのは……。

虚子　〔自分が何処へ行くにも、大地を踏む跫音が自分と共にある（遊子）〕敍法が一寸不明瞭だ。雪解を歩いてゆく音だとも取れるが。

遠ければ鶯遠きだけ澄む深山

虚子　かういふ感じはある。遠方で鳴いてゐる鶯の声は澄んで聞える。これは作者が実際感じたことであらう。

虚子　〔句としてどうか（敏郎）〕さうですね。『遠ければ遠きだけ』は理窟だが感じもある。平明な句ではないが、感じはいゝ。

白昼の畝間くらみて穂だつ麦

虚子　『穂だつ』は［穂に立つでしょう（敏郎）］。

虚子　［表現が我々にはリアリスティックに来ない（けん二）］かういふことは、我々より作者の方が知つてゐる。言葉は平明ではない。

虚子　［単純化が足りないのか（けん二）］さうも云へます。俳句を難しく考へ、難しく叙すると云ふことは私等と違つてゐるのかもしれん。

くろがねの秋の風鈴鳴りにけり　［『霊芝』より］

虚子　まづいゝ。

をりとりてはらりとおもきすすきかな　［『霊芝』より］

虚子　これはいゝ。心持が素直に出てゐる。

山に棲む六十余年冬の燭

虚子　『冬の燭』はもつといゝ言葉は無いものか。

田を截つて大地真冬の鮮らしき

虚子　これは畦を切つたのではないですか。

虚子　［田を截るが分からない（遊子）］まあその方面のことに我等無知識で分りません。

年古く住む冬山の巌も知己

虚子　この句はいゝではありませんか。よく分る。

世の不安冬ふむ音のマンホール

虚子　『ふむ音のマンホール』は面白い。『冬』は季語として止むを得ず持つて来たのでせうがまづい。もつと適当な季語を詮義すべきだ。『世の不安』の世はいらないでせう。

虚子　［表現を単純化した方がよい訳か（けんニ）］さうですね。穏かにする方法がありさうなものですね。

虚子　本筋からそれたやうな句が多いと思ひます。悪くいふと気取つてゐますね。

第3章　4Sとその同世代作家

昭和の劈頭を飾った4Sとその同世代作家を掲げる。ここでは、第8章で登場する高野素十は除き、また新興俳句に位置づけられる日野草城を加えた。

①水原秋桜子《みずはら・しゅうおうし》　研究座談会（53）

略伝――明治二十五年〜昭和五十六年。東京帝国大学医学部の医局時代に俳句を始め、東大俳句会を復活。作風は明るい西洋絵画的な美意識を特色とし、山口誓子、高野素十、阿波野青畝とともに4Sと呼ばれた。昭和七年にホトトギスに「「自然の真」と「文芸上の真」」を発表し離脱、初期新興俳句の道を開いた。「破魔弓」を改題した「馬酔木」を主宰、高屋窓秋、加藤楸邨、石田波郷、能村登四郎、藤田湘子らを育てた。句集に『葛飾』『霜林』『帰心』など。

鑑賞——研究座談会で虚子は気取った表現には批判的であるが、内容については好意的である。

鷹の影岨を落ちゆき与瀬遠し

虚子　『鷹の影岨を落ちゆき』はうまいです。新しくもあるし、よく景色が出てゐます。『与瀬遠し』といふのも悪くはないが、調子からいつて、一寸腰折の感じはないか。

虚子　ずばつと一本調子に言つたらどうですか。

霜の菊傷つきし如膝重し

虚子　何だかわからんね。

虚子　［この句はどうでしょう（けん二）］面白くない。（笑）

虚子　感じを述べたにしてもしつこいです。唯、しつこいといふ感じがします。

虚子　霜の菊を敍して、自然に自分の心を敍したことになるといふ風のは、単純でいゝ。かういふ風に敍すると、しつこくつて反感が起る。併し、我等のやうな句では、今の人には解らないかもしれん。

虚子　［こういう方向に秋桜子は行き方を認めているし、進めている（けん二）］あるかも知れませんね。秋桜子の傾向として。

虚子　［感情を強く出す（けん二）］強く出さなければ、自分も納得しないし、人もわからないと思ふのかな。単純に言つて、其処に深い感じが現れてゐるのが面白いのだがな。秋桜子は歌を作つてをつたからな。

菜の花の一劃一線水田満つ

虚子 『一劃一線』は、何のことかわかりませんね。

虚子 それに『水田満つ』はをかしいぢやないですか。

虚子 『田水満つ』なら分るが。

虚子 [波郷は確かなデッサンだというのだが]確かかな？『一劃一線』は、一劃が一線をなしてゐるといふことですか。

虚子 [一劃がこちらから見ていると一線に見えるとか（敏郎）]さうですね。『一劃』で一ぺんきつて、『一線』と読めば……寧ろ分らんのは、『水田満つ』ですね。

べたくに田も菜の花も散りみだる*

*照りの誤記

虚子 『べたく』といふのは、いい言葉ぢやない。『散りみだる』も不熟だ。

虚子 [秋桜子自身不熟ではないかと思ったが周囲がいい句だから残すといっている（けん二）]それは、秋桜子の方がいい。かういふのは従来の敍法を乱すものと思ひます。警戒すべきだと思ふ。秋桜子は元来斯ういふ敍法を気にする方であつたのだが。

優曇華や金箔いまも壇に降る

虚子 「平泉中尊寺金堂を見ているか？（けん二）」私も知らないです。平泉といふ処へはまだ行かない。見なくちやわからん。

虚子 「中が暗いので分からない（敏郎）」瞑想した句ですか。

虚子 「現実になくてもそういう感じが現れていればいいのではないか（けん二）」秋桜子は、さういふ行き方なんだらう。

妻病めり秋風門をひらく音

虚子 この句はいゝと思ひます。

虚子 『秋風《しゆうふう》門』と読んだ方が、いいかもしれん、感じから言つて。併し作者は『あきかぜ』かもしれん。

虚子 今迄の二三句とは違ふ。感じがよく表はれてゐる。支那の詩みたいですね。作者は、此の批評はうべなはないかも知れないが。感じがいゝ。秋桜子が妻君のことを詠んだので問題にしてゐるのですか。

虚子 「ええ（けん二）」そんなことは問題にするに足りないと思ふが、この句はいゝと思ひます。

湯婆や忘じてとほき医師の業

虚子　これもわかります。心持が出てゐる。

牧開泉声馬をみちびける

薄暮林道

夜鷹鳴くしづけさに蛾はのぼるなり

牧開白樺花を了りけり

虚子　その三句のうちでは、どれがいゝかな。

虚子　「「牧開白樺花を了りけり」が好きだ（桃邑）」我々の仲間だつたら、皆さういふでせう。それでいゝんだ。

虚子　「夜鷹鳴くは前書きがないと解らない（立子）」前書があるからわかるんで、前書がなければ独立しないといふのは私は好まない。卑怯だと思ふんだ。だから、なるべくホトトギスなんかは、前書を省くといふことにしてゐる。慶弔は別として、景色を敍する句であつたら前書をつけない方がいゝでせう。

牧開泉声馬をみちびける

も少し気どつてゐるな。

虚子　［泉声という言葉は？（立子）］詩にはあるだらうが、『泉声馬をみちびける』は、一寸をかしい。これが秋桜子の好みと我等の好みと違ふところだ。

虚子　［内容からもいい表し方からも自然さがない（敏郎）］さうとも言へますね。単純に叙して、趣、感情の深い句が好ましいです。どうも感情を強調するところがあるのは好まない。さつきの『霜の菊』の句なんかも素人見はわかりやすいかもしれんが、あゝいふ風な句よりも、

妻病めり秋風門をひらく音

湯婆や忘じてとほき医師の業

の方が、しみ〴〵とした感じが出てゐる。感情を強調した処が無く、感情は深くうちに潜んでゐるから、かういふ句の方が奥床しいと思ひます。

梨咲くと葛飾の野はとの曇り　［『葛飾』より］

虚子　いゝね。

啄木鳥や落葉をいそぐ牧の木々　［『葛飾』より］

虚子　あれもうまいね。

虚子　弊を言へば感情が露出するところにある。

虚子　［余韻を持つより言い表そうとする（立子）］さう思ふ。

残雪も夜空にしろし梨の花
田植すみ夕焼けながす雄物川

虚子　[谷川温泉という前書きがあるが（桃邑）]　前書があれば感じが違つて来ます。私は前書があつて感じがわかる句はとりません。

松の花疾風に飛べり野島崎

虚子　それはわかる句と思ふ。

虚子　[この句の方がよいか（けん二）]　景色はわかりますね。

綿虫やむらさき澄める仔牛の眼

虚子　『むらさき澄める仔牛の眼』は、作者は得意かもしれん。けれどそれほどに感心しません。『むらさき澄める』は、無理といふほどではないが、誇張しすぎた感じがする。

歳晩の断崖に男一人立つ

虚子　[秋桜子としても珍しい傾向（けん二）]　飛び下りでもするの？（笑）

虚子　歳晩といふものを象徴した感じかな。

蟇鳴けり春田に映る安食町《あじきまち》

虚子　［平凡か？（けん二）］いえ、平凡とは思はない。感じがある。『春田に映る安食町』はいゝ。

虚子　［蟇は？（立子）］いゝだらう。

農船の潮黄なるまで蜜柑積む

虚子　［農船は前書きに……とある。瀬戸内海地方の方言らしい（桃邑）］さういふ言葉が地方にあることなら……。

虚子　［蜜柑を積むのみの船を農船というのか？（立子）］さあ、をかしいやうに思ふな。

春暁や漁港に残る温泉の灯

虚子　勝浦の感じが出てゐる。

滝落ちて群青世界とどろけり

虚子　［……世界という表現はいかがか？（けん二）］僕の頭には熟さない。だけど無暗に出て来れば、熟するやうになるかも知れん。

虚子　［那智の滝はこういう感じがするか？（立子）］我々が見た時は、さういふ感じはしなかつた。

虚子 美しい滝だね。

虚子 ［とどろく感じはしなかった（立子）］秋桜子には群青のやうな感じがしたんだらう。僕にはしなかつた。華厳の滝は、荘厳だけど美しい感じはしない。

虚子 ［華厳はとどろく感じ、那智の方は優美（立子）］熊野灘を航海してゐる船からもよく見える。真正面に見える。描いたやうに美くしい。

虚子 ［品が良くて親しい感じがする（立子）］全く。

②山口誓子《やまぐち・せいし》　研究座談会（54、27、31）

略伝――明治三十四年〜平成六年。第三高等学校を経て東京帝国大学法学部に入学、ホトトギスに入会後秋桜子を知る。作風は近代的な即物非情、知的構成を特色とし、4Sの一人であったが、新興俳句の理解者であった。昭和十年ホトトギスを辞し、秋桜子の「馬酔木」に参加、連作俳句を指導した。戦後は「天狼」を主宰、秋元不死男、西東三鬼、平畑静塔、橋本多佳子、永田耕衣、鈴木六林男、佐藤鬼房らが参加し、根源俳句を唱えた。句集に『凍港』『黄旗』『遠星』など。

鑑賞――研究座談会で虚子はその表現の的確さは認めていたが、根源俳句の主張には懐疑的であった。

パンツ脱ぐ遠き少年泳ぐのか

虚子　[これだけのことだが情景がはっきり感じられる（敏郎）]　それで。

虚子　[寂しい海岸を遠望した時のことではないか（立子）]　外に、人はゐないのか。

虚子　[そうだ。「パンツ脱ぐ」は何をするのか不思議に思っていたら泳ぐようになったということなのだろう（立子）]　不安な気持はないのか。

虚子　[句集全体に消耗感がある（けんニ）]　さうすると、

パンツ脱ぐ遠き少年泳ぐのか

も、どことなく、不安な心持が潜んでゐるのではないか。

虚子　この頃は、まだ、根源俳句といふことはとなへてなかつたのですか。[もうやっている（敏郎）]

虚子　根源俳句を説明してもらひたいんだが。この句などが根源俳句だと、どういふことを根源俳句と言ふのか。

虚子　[先日、誓子にあったが根源俳句のことは忘れていた（立子）]　父さんが逢つたら、一番に聞いて見たんだが。（笑声）

吾のものならぬ海岸日傘へ行く

虚子　［砂日傘を海岸日傘といふのだ（けん二）］『砂日傘』といふのは、たかしがこしらへた語だよ。

虚子　この句も、別に異論はない。

◎総評として

虚子　［今までの句はどうであろうか（けん二）］全体として、言葉も比較的正しいし、叙法も穏かであって、別に異存はない。この作者は何か深い意味がある句と考へてゐるかも知れんが、私は唯俳句としてこれ等の句を見た時、形の上で欠点がある句とは思はない。正しい句と思ひます。

虚子　俳句として、欠点はないと思ふ。

虚子　［表現からか？（けん二）］さうです。

虚子　［秋桜子は際だった表現がある（けん二）］かういふ句は、結構だと思ひます。唯、根源俳句とはどういふことだか聞いて見たいです。どこが根源俳句なのか。

虚子　［知らずにその人の境遇が出ている（立子）］狭いと言へるかも知れないが、そこは個性によるものだから暫く論じない。秋桜子は、立派な句もあるが、欠点を暴露した句もある。誓子の仲間はよく人を攻撃するが、それは間違つてゐる。各々違つた句を作るからいいのだ。誓子一辺倒では俳壇は狭くなる。

虚子　［誓子自身は根源俳句といわない、まわりの人が言うのを肯定している（敏郎）］一門を率ゐてゐるものとしては、少しずるいね。
虚子 ［結社として集まっているだけではっきりした一筋の主張は見られない（けん二）］はっきりした主張があるか無いかは別として、季題は重んじてゐるのでせう。
虚子 ［そうでないものも認める（敏郎）］それ等の点ははっきりしたいものだ。近頃体は丈夫になつたんだらう。
虚子 ［誓子は孤独癖がある（敏郎）］境涯がね。親から離れ、兄弟が別々になつてをつたり。
虚子 ［祖父が育てたのだ（立子）］さうらしい。

どの家よりも海に近くて雪降れり
布地熱したる蝙蝠傘を巻く
泳ぎ場の裸の中に分け入れり

虚子 ［誓子らしい体臭が（敏郎）］ありますね。以前作つた句は、もつと盛んな感じの句であつた。例へば、
　流氷や宗谷の門波荒れやまず
あの頃の句が好きだつた。秋桜子の、
　啄木鳥や落ち葉をいそぐ牧の木々
などと共に。

虚子　［誓子の句はこのごろ具象性が薄くなっていることはないか（けん二）］無いと思ひますね。

虚子　誓子も、これからやつてゆくには、無季の句を採つたりしない方がいいね。どういふつもりか聞いて見なければわからんが。

虚子　［昔の誓子の句は客観的な具象性が強かったとは言えないか（けん二）］さうもいえますが、やつぱり昔から主観は強い方ではあつた。

一湾の潮しづもるきりぎりす

虚子　［新しいと言えるか？（けん二）］或点から言つては、進歩してゐるとも云へますね。さういふことが好きな人は進歩してゐると言ふでせうが、私はたいしていい句とは思はない。

虚子　近頃の季のないものは、川柳といふものがあるやうに、遂には、独立した一種のものになるかも知れません。

鶫死して翅拡ぐるに任せたり　『晩刻』より

虚子　それは面白く思ひません。

虚子　［詰まらないですか（けん二）］面白く思ひません。衒つた所があるやうに思ひます。

虚子　［根源的なものを表現し得ているという鑑賞法がある（けん二）］そんな風に感心すると大概な事に感心することになるでせうね。

行く雁の啼くとき宙の感ぜられ

虚子　[或る論者に言わせると根源俳句の根源だという（敏郎）]　宙といふのは宙宙の宇ですか　[宇宙でもない（けん二）]　[虚空ということ（敏郎）]。

虚子　宙ぶらりんの宙ですか。[空間というものを感じる（けん二）、この場合宇宙といった方が救われる（敏郎）]

船漕いで海の寒さの中を行く　[＊素十の項目で言及あり]

虚子　[これも単純化と称するものの一つか（けん二）]　全然違ふと思ひます。『海の寒さ』は単純化されてゐませんよ。

虚子　[構図、ねらいがある（立子）]　手際が悪いですよ。

虚子　[上りが悪いか（けん二）]　誓子君もうまかつたんだがね。此頃の句は、僕には分らん。

虚子　[誓子は俳句の根源はものを把握する人間の認識にあるといっている（けん二）]　さういふ事は分らん。他国の出来事を聞いてゐるやうに思ふ。

虚子　[言葉の操りがうまくいっている（立子）]　誓子君には何か考へがあるんでせう。私には分らん。

【参考】津田清子　つだ・きよこ

略伝――大正九年〜平成二十七年。橋本多佳子の指導を受け「七曜」「天狼」に投句。「沙羅」「圭」を主宰・代表。句集に『礼拝』『無方』。津田は、4S世代ではないが、この時期、虚子の根源俳句に対する関心が強いので、比較的例の少ない天狼系作家として参考にここで上げておく。

鑑賞――誓子に対する根源俳句批判を津田の鑑賞の中で行っている。

命綱ゆるみて海女の自在境

虚子　根源俳句といふのは、此の句ではどういふ処ですか。

虚子　［抒情性をなくして奥にある本質を打ち出す（けん二）］凡人には分らない。

腹に蜜重くして蜂敵と遇ふ

虚子　前の句の方が分ることは分りますがね。

腹に蜜重くして蜂敵と遇ふ

は、事実がどういふのか。たとへば熊蜂が蜜蜂と遇つたわけですか。現に蜜蜂の首がいくつも落ちてゐるのも見たことがある。

虚子　蜜をとるのは、脚にとるのですか。

虚子　［口で取って一旦胃袋へ入れる（敏郎）］さうですか。

虚子　［沢山持っていると表現した（立子）］それは分るが、どういふ風に持つてゐるかといふことを知り度かつたのだ。

ばつた跳ね島の端なること知らず

虚子　『知らず』と言ふのは、ばつたが知らないのだらうね。

虚子　『知らず』とは、面白い主観とも思はない。

虚子　［景色ではなく作者の主観、人生観だ（けん二）］何物かを表はさうとしてゐるんだらう。

虚子　一体、根源とはどういふ意味なのかな。

虚子　［人によって根源の解釈が違う。誓子には誓子、耕衣には耕衣の根源（敏郎）］分らない。

虚子　哲学の問題かな。

虚子　かういふものもあつて、いけないといふわけはない。

虚子　めい〳〵い進むべき方向に進むんだ。

虚子　結局、現在の我等の俳句に飽き足らないといふことなんだらう。

虚子　我等は、今迄の通りに句を作ればよい。

虚子　［癒してあげたり楽しませたりする（立子）］それで結構だらう。それから進んで行けばよい。
虚子　根源は僕にも分らない。恐らく誓子にも分らないのだらう。
　真処女や西瓜を喰めば鋼の香
虚子　『真処女』はをかしい。

③阿波野青畝《あわの・せいほ》　研究座談会（55）

略伝――明治三十二年～平成四年。耳疾を患い、以後難聴となる。原田浜人について俳句を学び初めホトトギスに参加。虚子から、あなたのような抒情の人こそ客観写生が必要だと訓示される。昭和四年「かつらぎ」を創刊、カソリックの洗礼を受けている。句集に『萬両』『春の鳶』『甲子園』など。
鑑賞――研究座談会で虚子は敬意を表しているが、表現の独自性には批判的である。
　大法話いまつづきゐる彼岸かな
虚子　規模の大きい時間的にもながい法話なんだらう。

虚子　大法話がいま未だ続いてをる。さつき来た時もやつてをつたが、まだ続いてをるといふのでせう。

早春の鳶を放ちて宝寺

虚子　［宝寺はどこにある（桃邑）、京都と大阪の中間の山崎（立子）］お前行つたことがあるかね。父さんは汽車の窓から宝寺といふ標石をよく見るばかりで行つたことは無いと思ふ。

虚子

和布の退《の》きて綺羅星のごと魚介居り

虚子　ふわ〳〵浮いてゐる和布をいつたのでせうか。

虚子　［日が当たっているという感じ（立子）］さうだらう。

虚子

都市生活寺の泰山木が咲く

なんか、

芽柳に焦都やはらぎそめむとす

などとともに腹の底から出た句とは思はんね。

虚子　マーガレット東京の空よごれたり
は陳腐。
黄に赭に麦熟るるともわが詩冷え

虚子　『わが詩冷え』といふ言葉はいかがでしょう（けん二）好みませんね。

虚子　王子趾彼岸桜を標とせり
は、まあいゝでせう。

虚子　いままで聞いた句、及び諸君の書き抜いた句の中では、
早春の鳶を放ちて宝寺
ボールドに出炭目標瓶に百合
和布の退《の》きて綺羅星のごと魚介居り
大法話いまつづきゐる彼岸かな
みよしののみやまつつじの中の滝

はなびらのつらなる雛の桃挿され
牛乳《ちち》のごと熔岩《らば》に氷柱として竝ぶ
塗畦のゆがみて村の貧しさよ
波一つうなづき二つ囮鴨

以上云つたやうな句がいゝかと思ふ。

④山口青邨　やまぐち・せいそん　研究座談会（57）

略伝——明治二十五年〜昭和六十三年。東京帝国大学工科大学採鉱学科に入学、古河鉱業、農商務省に勤務後、東京帝国大学教授となる。大正十一年ホトトギスに参加、講演「どこか実のある話」で4Sを提唱した。「夏草」主宰、作風も指導も自由であり、古舘曹人、深見けん二、斎藤夏風などを輩出させた。句集に『雑草園』『雪国』『露団々』など。

鑑賞——研究座談会で虚子は異色な作品も含めて敬意を表している。

ゼンマイは椅子のはらわた黴の宿

虚子　［椅子のスプリングが見えてはらわたのように見える、黴の宿の情景で現代人のセンスだ

〔けん二〕　これはお話の通り、その時代ならば別に奇を好んだといふのではないでせうね。底でも宜しいでせうし、縁でも宜しいでせう。

虚子　青邨君がさういふ椅子を使つてをつたものか。生活の模様も想像される。『ゼンマイは椅子のはらわた』といふ言葉もよい。

虚子

こほろぎのこの一徹の貌を見よ

『座右ボナールの友情論あり』という前書きがある。こほろぎの貌の中に一徹さを見た。

〔けん二〕　こほろぎをくはしく見たことが無い。こほろぎにはさういふ感じがありますか。

虚子　ボナールをこほろぎに譬へて言つたんでせうか。それが適切かどうかは私にはわからない。何のことはりもなく、頭に入る句ではないですね。

虚子　こほろぎを持つて来た処に理由がなくちやならない。青邨君が感じたものを他の人々も感じればいゝんだ。唯、青邨君が一人で感じたとなれば問題だね。

虚子　〔ボナールに感動（立子）〕　それはわかる。

人を信じ蛙の歌を聞きゐたり

虚子　『蛙の歌』といふのは、古くから言つてをる。

手をついて歌申上げる蛙かな　宗鑑

の類。

虚子　［特定の人から全部の人間への信頼にまで広がっている（けん二）］さうでせうね。人を信じて楽しく蛙を聞いてゐると解釈するより仕方が無いでせうね。

虚子　［平坦な写生句というより主観句だ（立子）］さうだね。平坦な写生句ではないね。青邨君の写生文には主観が強く頭を出さない。が、俳句には往々それが出たがる傾きがある。けれども、

たんぽゝや長江にごるとこしなへ　青邨

といふ句の如きは、もと〳〵主観が大きく動いて出来た句ではあるが、平坦な客観写生句である。斯の如き句が好ましい。

人を信じ蛙の歌を聞きゐたり

こほろぎのこの一徹の貌を見よ

は、長江の句の如く素直には受取れない。

我を消す地獄の煙天降《あも》る霧

芒のみ青し湯煙これを消す

虚子　この二句を較べてどちらがいゝですか［それぞれ援け合っている（立子）］。

虚子　私は『天降る霧』よりも『芒のみ』の句を採る。

コツホの像肩に雪のせわが高さ

虚子　此句は好きだ。『肩に雪のせ』は情緒がある。コツホを尊敬し、慕ひなつかしむ気持がある。さつきの『天降る霧』とは違つて、極く平坦に叙して、感じが表はれてゐる。

花木槿一輪さして兄はゐる

虚子　之は最も好きです。

虚子　軍人であつた方でせう。この間の写生文に写されてゐた、あの青邨君と共に御郷里の後ろの山に登られた。

虚子　かういふ句は無条件に認めます。又、

かの榠樝《くわりん》落ちなばわれを殺すべし

も悪くない。

蔓草の葉は青心臟初あらし

虚子　これも理窟がなくてよい。

虚子

西鶴も蒔きし刀豆われも蒔く

これはどういふのです［西鶴『日本永代蔵』に実用の役に立たない朝顔に替えて刀豆を蒔いたと言う話がある（けん二）］。

虚子

夕鵙の雀のまねをして去りぬ

は［鵙は雀の真似をして雀をおびき寄せるが、その効果が無く飛び去った（けん二）］。

○虚子後より挿入「此の間草樹会の時風生君と一緒に句作してゐた。何か分らぬ鳴声がしてゐたのを風生君は『あれは鵙でせう』と云つた。それは普通の鵙の鳴声と違つてゐた。鵙はいろ〳〵の鳥の鳴声を真似る習性があるとの事である。私は後から考へたのであるが、鵙は又百舌鳥とも書く。なる程、いろんな鳥の鳴声を真似る為め鵙は百舌鳥といふのであらうか。」

虚子

恋の矢はくれなゐ破魔矢白妙に

の『破魔矢白妙に』といふのは、白い羽がついてゐたり、白い紙で巻いてあるから言つたのでせう。『恋の矢』を紅と見たのは例の心臓などの聯想から恋は赤いものとしてあるそれなのでせうが、餘り感心しませんね。

虚子

　客をして秋海棠を飽かしめぬ

は［「飽く」というのは古く「満足させる」という意味（敏郎）］。

虚子

　うちなびく飛騨の芒に旅衣

これはいゝ。

　紅葉濃く春慶塗はこゝで塗る

春慶塗は何処だつたかな［高山です（敏郎）］。

これも悪くない。

　山妻は雪間の蕪を得て帰る

これはやつぱり物の乏しかつた時の句ですか［昭和二十五年の句（立子）］。

⑤富安風生《とみやす・ふうせい》　研究座談会（58）

略伝――明治十八～昭和五十四年。東京帝国大学独逸法律科を卒業し、逓信省へ奉職、逓信次官

となる。俳句は、福岡貯金支局長時代に吉岡禅寺洞の指導を受け、ホトトギスに参加。「若葉」の雑詠選者を経て主宰となり、清崎敏郎、岡本眸、菖蒲あや等を指導した。戦後は軽妙かつ老いを意識した闊達な句風となる。句集に『草の花』『古希春風』『米寿前』など。

鑑賞——研究座談会で虚子は軽妙な作品を評価している。

花冷えはかこちながらも憎からず

虚子 所謂風流心から云へば、憎むことが出来ないと云ふのでせうが、それをそのまゝ云つてしまつた方がいゝのか、暴露してゐるやうで、『憎からず』と云つてしまはない方がいゝのぢやないかと思ひますがね。

虚子 軽い句とすれば、之でいゝでせうが、『憎からず』がもつともいゝものとは思ひませんね。もつといゝ言葉があると思ひます。たかしと較べてみると分り易いですね。受け取り方が直ぐ頭に来ます。

山川にながす蠅取リボンかな

虚子 [写生に徹している（立子）] 写生だね。

秋晴の運動会をしてゐるよ

虚子　『してゐるよ』がうまい。

　きちきちといはねばとべぬあはれなり

虚子　［少し言いすぎているか（けん二）］さうとは思はん。『あはれなり』といふ言葉はよく使ふ言葉だけれど、感じもよく出てゐるね。句はしめつぽくない。きちきちばつたの性質をよく表はしてゐる。単純でいゝ。

　秋風は身辺にはた遠き木に

虚子　この句も異論はない。

　瘤の顔ひきつり笑ふ枯欅

虚子　斯う云ふ感じは悪くすると月並になる恐れがある。うまい事はうまいんだが。それに枯欅はどうかね。

虚子　

　ポケツトにダンあり佇ちて額枯るゝ

はどういふのですか［ダンは風邪薬（敏郎）］。

夏蓬瓦礫をふみて虔しみぬ

虚子　別に悪くはない。

虚子　［自分のことか（立子）］さうだらう。

虚子　［瓦礫を踏むように立っていると考えて構わないか（立子）］かまはないだらう。中国の詩に『蒼鼠古瓦に竄る』といふのがある。

かげろふと字にかくやうにかげろへる

虚子　［作者自身疑問を持っているようだ（敏郎）］どういふ風に疑問を持つてゐるのですか。［これでいいのかというような（敏郎）］

虚子　［どういう意味か（立子）］『かげろふ』と字に書いたやうに陽炎がしてゐるといふんだらう［それなら面白い（立子）］。

虚子　洒落でせう。

約束のごと椿咲き庵の春

虚子　大した句とも思はんが一寸した感じはない事はない。

虚子　［叙法が正確だ（立子）］敍法がみんなそつがないね。

山茱萸かあらじか黄なり春浅く

虚子　［先生がよく使う手だ（敏郎）］大した句ではない。

老の掌のくぼにもらひて雛あられ

虚子　前の句よりは多少こくがありますね。

葛の葉に働く汗をふりこぼす

虚子　之も悪くはない。

胡桃樹のとく秋兆す二三葉

はどういふ意味ですか［語調が悪い（敏郎）、風生は時々ハイカラな句を作る（立子）］。

⑥日野草城《ひの・そうじょう》　研究座談会（59）

略伝――明治三十四年～昭和三十一年。京都帝国大学法学部を卒業し、大阪海上火災保険に就職、肺結核を発病し退職。俳句は、大正七年「ホトトギス」に初入選し、二十一歳で巻頭となる。昭和二年『草城句集（花氷）』を上梓、昭和九年俳句研究に「ミヤコ・ホテル」を発表したためホトトギス同人を除名される。昭和十年には「旗艦」を創刊主宰、新興俳句の中心となる。戦後療養生活を送りつつ、「青玄」を創刊主宰、伊丹三樹彦、楠本憲吉、桂信子を指導した。晩年にはホトトギス同人に復帰。句集に上記のほか『昨日の花』『人生の午後』など。

鑑賞——研究座談会で虚子は、無季を除いては、同情共感に溢れた評価をしている。

初春や眼鏡のままにうとうとと

虚子『眼鏡のままに』といふことは、老人にはありがちなことだが、病人であるから別の感じがある。病床のことだから、のどかとまではゆくまいけれど、安らかな気分であつたんだらう。その気持が出てゐる。

老いて病む猫をいたはる花ぐもり

虚子『老いて』は猫にかゝつてゐるんでせう。

猫の子の舌ちらちらとおのれ舐む

虚子「「舌ちらちらと」といったところが子猫らしい感じを出している（遊子）」それで盡きてゐるでせう。

女手に注連飾り打つ音きこゆ

虚子　この句はいゝ句だ。

虚子　［草城の境涯を知って同情的に見なくとも十分鑑賞できる（けん二）］さうです。

静臥時のラヂオ職業案内を

虚子　句には季といふものがなければならんといふ考へを持つてゐますから、斯ういふのは俳句でないと思つてをる。連句の一句ならば兎も角。

虚子　かりに十七字詩（？）としたならば差支へないでせう。

虚子　無季の句に面白いものもありませう。それは假りに十七字詩とでも称へればいゝです。我々でも十七字詩にしたいといふ場合もありますが、それは俳句ではないです。俳句は何処までも季題がなくてはならない。或は、俳句を非常に広いものにしまして、碧梧桐、井泉水等のものも俳句だと強ひていへば言へないことも無い。併し私は、俳句といふものは、何処までも季題の入つたものと考へてゐます。

虚子　［前の「初春」の句も、季が入っていても草城の生活を知らなければ解らない（けん二）］草城といふ作者を知らなければ、無論老人だと思ひますね。

虚子　［「静臥時」というものから手がかりを得る、季と同じ連想の手がかりを与える（けん二）］

短詩はさうでないですか。短いものは、聯想が重要な役目をします。だから無季の場合は、季の外に何か持つて来たくなるのでせう。

＊

虚子 兎も角、季の入つてゐないものは、俳句ではないといふ根底の考へです。

虚子 季題を詠じたものが陳腐になつて来たら、俳句が滅びるかも知れません。滅びてもちつとも差支へありません。俳句の命数が盡きたのです。命数の盡きる迄俳句を作りませう。

虚子 季を生命としてゐる俳句を作つてゐるので、其の結果はどうなつてもかまはない。

虚子 ［俳壇の議論は功利論から出発する（敏郎）］第二段になつて来ましたね。功利論になつてくると、まだ議論が出来ると思ひます。十七字でなくちや表はせないもの、『や』『かな』といふ切字も、勢力のあるものです。十七字、切字を用ゐて簡略に表現する。簡潔にして澱みがなく、調子よくいふことは非常に勢力のあることです。十七字で季を詠ずる、森羅万象を詠じるといふことは大変な力です。切字は非常に大きな力を持つたものだ。事を簡潔に表現する。何処までも省略しく〳〵盡した処に偉力がある。省略といふことは昔も随分言はれてゐることですよ。さういふ立場にたつと、俳句は決して軽蔑すべきものではないです。

虚子 ［十七字の力ということになれば現在の俳壇は、単純化、省略は考えている（けん二）］どういふ人が……。

虚子 ［俳壇の主な人は口にする時殆ど単純化を言う（けん二）］それは程度が違ひますよ。我等は形式に嵌つた単純化をしてゐるので、さういふ人はさうではないのではないですか。

虚子　〔ホトトギスの俳句は客観を尊ぶと同じく自己を尊ぶが、単純化が異なるために他派に解らない（けん二）〕客観を尊ぶといふのは、さう言つてゐますけれどやつぱり主観ですね。表面に表はれた処が客観ですよ。主観に無関心だと思つてゐるかも知れませんが。主観を進めて行つて客観になるのでしてね。主観を窮極して行つた客観ですね。

虚子　〔単純化は一応皆関心を置いている（敏郎）〕あるのかもしれませんが、私から見ると中には根本から違つてゐるものもあるやうに思ふが……。

夕涼しちらりと妻のまるはだか

虚子　いゝでせう。『まるはだか』は、湯から出た所ぢやないですか。

虚子　出たところの方がそんな感じがする。裸が美しくなります。

虚子　〔世間では草城エロティシズムの一つだと言うが（敏郎）〕そんなに言ふ必要はないでせう。

虚子　僕に昔、

闇なれば衣まとふ間の裸かな

といふ句がありますが、『闇なれば』と断つた処が、草城程に猪突的ぢやないですね。

虚子　〔ホトトギス同人を除名された時もあったが（けん二）〕いゝ人だつたですね。除名したのは、『みやこホテル《ママ》』を出した時、あゝいふのを作るとはけしからんと思つて除名したので、その外にはどうかうといふ意味はなかつたのです。あゝいふ句を発表するのは宜しくないと思つたので……人柄としてはいゝ男です。朝日新聞の選をする時に、私に丁寧な手紙を寄越しました。人徳といふか、やさしい味があります。

虚子　［実生活にエロティシズムはない、観念的エロティシズムを書いた（敏郎）］さうでせう。保険会社にゐてもいゝ事務員だつたでせう。

虚子　除名した時も、恨みらしいことはいつて来なかつた。同人に再推薦した時には非常に喜んだやうであつた。

冬晴れや鵙がひとこゑだけ鳴いて

虚子　あるでせうね。鵙が冬鳴くことは。

虚子　［これは問題ないですか（敏郎）］これはいゝでせう。

先生の眼が何もかも見たまへり

虚子　［四年前の虚子の草城宅訪問の句だが、この句を先生に言ってきたか？（けん二）］いえ、何んとも、初めて聞きます。

虚子　九州旅行の帰り、伊丹に著きまして、その脚で尋ねたのでした。大変待ちうけてくれてをりまして、私が行くといふので、近所の人が道のぬかつてゐて悪いところに砂を敷いてくれた、近所の人が好意的にしてくれた、といふ話をしてをつた。再びホトトギスの同人に加つたといふことは、自分としては大変嬉しいといふことを、病床に起きかへるやうな素振をして喜んでをりました。その病床は片づいてをりまして、乱雑になつてをりませんでした。鹿郎が、関西を尋ねたら、一度行つてやつてくれと話をしてをりましたが、其の鹿郎を案内役にして行つたのでした。来年は鎌倉に礼に行く、などと言つてをりました。その時はいい方だつたのでせうね。暫く話して辞去したやうに覚えてをります。

虚子　起きようとしたのを制した。帰るまでずつと臥せたまゝであつた。いい方だつたのでせう。色の白い男で汚い感じはなかつた。毛は薄くなつてゐたけれど、元の草城の俤は失つてゐなかつた。

虚子　［草城晩年の写真を見て］この通りでした。

虚子　草城が死んで後に出た句集は何んといふんでしたかね。それを貰つたのです。開けて読んでみた時に、我々と餘り違はぬ句のやうに思ひました。その中に、無季の句のあつたのは気がつかなかつたけれど、昔の句と同んなじやうな考への句ではないのか、と思つたことがありましたのを、今思ひ起しました。唯、無季の句については私の考へと違つてゐると思ひます。

虚子　草城の弟子になると違ふでせうね［草城の弟子になると平明な句は作らない（敏郎）］。

虚子　楠本憲吉も草城の弟子ですか［ええそうです（敏郎）］。

第4章　人間探究派

①加藤楸邨《かとう・しゅうそん》　研究座談会（28）

略伝――明治三十八年〜平成五年。中学校卒業後小学校代用教員となる。粕壁中学校教員として赴任中に昭和六年「馬酔木」に投句。秋桜子の勧めもあり上京、東京理科大学に入学、波郷と共に「馬酔木」の編集に当たる。十五年「寒雷」を創刊、石田波郷、中村草田男と共に人間探究派・難解派と呼ばれる。金子兜太、森澄雄、沢木欣一、安東次男、古沢太穂らを育てた。句集に『寒雷』『雪後の天』『起伏』など。

鑑賞――研究座談会で虚子は第一回目の対象として緊張して臨んでいるようであり、批判的発言が多い。

かなしめば鵙金色の日を負ひ来

虚子 〔これは秋の夕べと解釈されている（けん二）〕金色に日暮れといふ感じがあるかしら。

虚子 かなしめばといふことゝばら〳〵になつてゐやしないか。

虚子 〔何故こんな気負って作らねばならないか（立子）〕昔から私に句を見せる人の句は見てゐます。見せない人の句まで見る暇がない。楸邨といふ名前は聞いてゐるし、一度来たこともあるので人は知つてゐるけれど、一家をなして独立してやつてゐるから、その句は全く見なかつた。今初めて其句に接して、かういふ感じは我々の感じと根底から違つてゐると思ふ。

虚子 〔研究するのに広く見る必要がある（立子）〕それはさうだ。併し私は仲間の句を見るだけで一杯だ。芭蕉も他門の句と言つて敬遠してゐる。

虚子 写生的でない。写生的な句を強調してゐる我等にとつては門外の句だ。

虚子 〔青春の悲しさが表れていると言われているが（泰）〕『鵙金色の日』でそんな感じがありますかね。

虚子 表現がどうか。いゝ句とは云へない。

風邪の床一本の冬木目を去らず

虚子 その句は分る。

灯を消すや心崖なす月の前

虚子　『心崖なす』はどういふことですか、同情的な見方をして（笑声）。

虚子　［崖のような険しいこころの危険な状感を示していると言われる（けん二）］『心崖なす』という言葉は無理だ。説明を聞いてさうかと思ふが、同情は出来ない。其の考へには同情も出来ますが、言葉は無理だ。

虚子　［話を聞いてみないと分からない句がある（立子）］それは下手だから——。

虚子　［一般の人はこういうものには社会性を感じるというのですね（けん二）］どうしてそれを社会性といふのですか。どういふわけですか。

蚊帳出づる地獄の顔に秋の風

虚子　分らない。分つたところで面白くない。（笑声）

虚子　ホトトギスに飽き足らず、斯ういふ方面に走つたのは同感できるが、それでは俳句が成り立たない。推し進めて行くと、悪くすると、月並になります。

虚子　［『地獄の顔』は醜い自分の顔を言ったと健吉はいう（立子）］へええ。蚊帳を出る秋の風と云つただけで感じが出ると思ふ。それでとどめて置くといゝ。其を地獄の顔といはないと分らないのは情ない。主観を暴露しなければ合点しないのは情ない。

虚子　［ポーズを作ったような感じがする（立子）］時勢に反抗するといふ考へは我々には少ない。唯現象を現象として静観する。
虚子　［倖せだからじゃないか（立子）］人は花が咲いて散るのと同じやうに、生れて来てやがて死んで行くんだ。さういふ社会だと思つてゐる。宇宙の中にいろ〱のものがあり、その中に人間もあるのだと思つてゐる。人間は小さいもんだと思つてをる。
虚子　［山や木の方が偉いかも知れない（立子）］さうかもしれん。米ソが戦ふかも知れんといふのも人間の力のみぢやないかもしれん。宇宙は大きな力で運行してをる。人間は小さい存在だ。

春さむく海女にもの問ふ渚かな

虚子　それはいゝではないか。

榛の芽や吹きとぶ濤は濤の上

虚子　も少し云ひやうがあるでせう。

隠岐や今木の芽をかこむ怒濤かな

虚子　『木の芽をかこむ』が無理だ。感じはいゝ。

雉子の眸のかうかうとして売られけり
飴なめて流離悴むこともなし

虚子 『飴なめて』は分る。いゝですね。『雉子の眸の』はもう少し云ひ方があると思ふんだが。
虚子 [流離は作者自身のことでしょうね（けん二）] 誰でもいゝでせう。
虚子 [家族と解釈している本もありますが（けん二）] 作者でも家族でも、又斯ういふ境涯にある他人を言つたものとして差支へない。
虚子 もう少し悲惨な境遇を云つた人の句も沢山にあつた。

鮟鱇の骨まで凍ててぶちきらる

虚子 [有名な句ですが（けん二）] 有名な句が多いのですね。『ぶちきらる』といふ言葉は好まない。

木の葉降りやまずいそぐないそぐなよ

虚子 感じはあるらしいが……

虹消えて馬鹿らしきまで冬の鼻

虚子　『冬の鼻』とはどんな鼻。
虚子　［無理に季題を押し込んだ（立子）］かういふ句が出来るのは季題の研究が充分でないからですよ。冬と云へば季題になつてゐるといふのですか。

＊　＊

虚子　［（二句をまとめて）発想法、表現法が違うため我々の鑑賞法にすっと入ってこない（敏郎）］考へはいゝとしても、表現法が……。
虚子　表現法がいけないと云つちや失礼かも知れないが、我等の方と表現法が違つてゐる。
虚子　［楸邨は真実感合の説であり、写生は技術に陥り易いといっている（けん二）］大体に於て客観写生は人を導く上に誤りが少い。

死や霜の六尺の土あれば足る

虚子　誰でも持つ考へですが、今更らしく斯ういつても別に……
虚子　［霜という季題は（泰）］霜でもいいでせう。もつといい季題があるかも知れんが。
◎総評として
虚子　［楸邨は現代人が今の我をたしかめてゆくところにこれからの俳句があるとしている（けん二）］俳句はもつと広いものだが、さういふ考へもあつていい、唯さういふ考へをどうして俳句によつて表はすかといふことが問題ですね。

なおすでに述べたように、この研究会で外部作家の研究を始めたのは加藤楸邨からであり、虚子としても初めての試みに少しく緊張したようで、楸邨研究の開始に当たってわざわざ一文を記している（三十二頁参照）。

＊

② 石田波郷《いしだ・はきょう》　研究座談会（29、24）

略伝――大正二年～昭和四十四年。松山中学在学中に、五十崎古郷に師事し、「馬酔木」に投句。上京して「馬酔木」の編集を手伝う。明治大学文芸科中退。昭和十二年「鶴」を創刊、その後休刊復刊を繰り返す。人間探究派として知られるが、横光利一の影響を受け、古典派として韻文精神を発揮した。療養生活を繰り返す一方、総合誌「現代俳句」の創刊、現代俳句協会設立への尽力など俳壇の中心をなす。石塚友二、石川桂郎、草間時彦、星野麥丘人、岸田稚魚、小林康治などの多彩な作家を育てた。句集に『鶴の眼』『惜命』『酒中花』など。

鑑賞――研究座談会で虚子は、穏やかな作風を高く評価する一方、療養作品や戦後作品には批判的であった。

葛咲くや嬬恋村の字いくつ

虚子　いゝ句だ。さういふ自註（「八月、草津にゐる義妹を迎へに行く途中、沓掛軽井沢に遊び徒歩で一村が一郡の大きさを持つといふ嬬恋村の字々を通り抜けた」）がなくてもわかる。

槇の空秋押移りゐたりけり

琅玕や一月沼の横たはり

虚子　これ等は皆よくわかる。

鳰の岸女いよいよあはれなり

六月の女坐れる荒筵

虚子　［前の句は夜の女、後者はバラックの中の侘びしい風景を詠んだ句（けん二、遊子）］何かさういふ心持であらうといふ想像はつくが、『女いよいよあはれなり』では充分でない。次に『六月の女坐れる荒筵』も大体わかる。但し六月と言ふ季題はいかが。

虚子　［「浮世の果はみな小町なり」の連想か（敏郎）］［波郷には月の名を大胆に置いた句が多い（遊子）］さういふやうな使ひ方は、我等でもあります。一概に悪いとは言へません。けれども敏郎君の言つたやうに『浮世の果はみな小町なり』といふ古い句がある為に、この句が出来たといふことは無理ですね。『女いよいよあはれなり』で直ちに転落の女をあらはすといふのも無理でせう。

虚子　『六月』にしても、どうもその感じが充分にあらはれてゐない。

虚子　［製作の年代は解釈の考慮に入れるべきでしょうね（遊子）］それは入れるべき句と、入れる必要の無い句とがありませう。句は年代とか前書とか、さういふものがなくても存立するといふのが本来の建前で無ければならぬ。

西日中電車のどこかつかみ居り

虚子　［どういう状景だと思うか（立子）］その通りぢやないのか。

虚子　［先生は満員電車のことはよく分からないと思った（遊子）］終戦後は、随分乗つたことがありました。

虚子　［この句は感じが出ているか（けん二）］出てゐます。言葉が足りないとも思はない。

たばしるや鵙叫喚す胸形変
麻薬うてば十三夜月遁走す
春嵐屍は敢へて出で行くも

虚子　わからん。

　　鰯雲ひろがりひろがり創痛む
　　一夜寝て露白光の外科個室

虚子　景色？・感じ？［感じだ（立子）］［感覚が鋭くなっている時だ（泰）］

虚子　かういふ感じの句は茅舎が沢山つくつてゐる。この句を別に新しいとは感じない。茅舎には悲惨な句がある。併し其悲惨な事をよそ事のやうに叙してゐる。思ひつめてゐるんだけれど、思ひつめてゐないやうに叙してゐる。

＊

虚子　［（前三句も含めて）評判の句ですが如何でしょう（けん二）］『たばしるや』はどういふ意味だらう。［メスが触れた戦慄（敏郎）］

虚子　［鰯雲の句をあげて］これはわかる。『十三夜月遁走す』は、感心しない。

虚子　［これらの句を人は賞める（けん二）］病気といふ事、それに際どい感じを述べている、そこに同情して賞めることになるのかね。

虚子　［後から振り返って］それ（孀恋村の句）はいい。『遁走す』は駄目。

　　露燦々腋をあらはに剃られをり

花圃に水汲める見てをり手術前

虚子　かういふ句は却つて病人の心持が出てゐる。

虚子　［季題は（泰）］花圃は秋草の苑といふ意味に取れないことは無からう。

担送車に見しは鶏頭他おぼえず

虚子　これもわかるね。

芍薬や枕の下の銭減りゆく

虚子　［銭と芍薬と対照的でどうか（泰）］『銭減りゆく』はわかりますね。芍薬はどうかとも思ふが。

金の芒はるかなる母の禱りをり

虚子　心持はわかる。『金の芒』はどうかな。季題の使ひ方が我等と違ふ。

檻の鷹さびしくなれば羽搏つかも

［『鶴の眼』より］

虚子　まあわからぬ事もない。

バスを待つ大路の春をうたがはず　『鶴の眼』より

虚子　感じはある。

虚子　［措辞の上で不満があるか（泰）］　格別無い。

あえかなる薔薇撰りをれば春の雷　『鶴の眼』より

虚子　何処となく拵へものゝやうな感じ。波郷君の句は前に句集をもらつた事はあるが、其を繙く間がなしにゐた、今はじめて接するのだが、面白い句もあるやうに思ふ。

薄雪や簷にあまりて炭俵　『風切』より

虚子　これは又古風だな（笑声）。

爆音や桐は花散り赭の殻　『風切』より

虚子　感心しない。

蝿打つて熱出す兵となりしはや　『病鴈』より

虚子　感じがある。

鰯雲甕担がれてうごき出す

虚子　［擬人法だ（敏郎）］　波郷が、かういふ句を初めて作つたから、評判にするといふのではないですか。我々仲間でもこんな句を作つたことはある。さういふ俳句をお化け俳句と言つた。

虚子　［子規がですか（けん二）］　子規だつたか、忘れた。

虚子　［よくないと言ったのか（けん二）］　最近では漕ぐといつて舟を表はすのも、不完全だと思ふ。舟を漕ぐと言はなければ無理。甕が動き出したといつた所が、面白いといふのでせうけれど、矢張り担いだ人を叙さなければ不完全だ。

◎総評として

虚子　［波郷は、暗いものを通り越して明るいものを詠うといっている（けん二）］　暗いものを通つた明るいものとは、地獄を背景にしての極楽の文学といふことと同じことか。

虚子　［波郷は、内的要求と定型は時に相克するが必ず定型に揺れ戻るべきであると言っている（泰）］　［正しいですね（立子）］　うん。

虚子　［波郷は、小説的な内容を句にしようとする興味があるが最近は嫌っている（敏郎）］　今度のホトトギスで、小宮豊隆は、私が小説を少し書いてそれから俳句に戻つたのは、無益ではなかつたと言つてゐる。小説は小説として進むべき道があり、俳句は俳句として進むべき道がある。

俳句はどこ迄も俳句らしいものを、といふ風に導くのが正しいのだと思ふ、俳句のもつとも長所である所を捕へなくちや駄目だ。何でも俳句にしようといふのは間違つてゐる。
虚子　［波郷は、ものとかことゝか社会性とか庶民性が言われているがもっと素朴な自分の目で新しく出発し直したいと言っている（けん二）］さういふ考へは結構ですね。さういふ心掛けを持つてゐることは賞賛していゝ。古へにかへると言つても、陳腐にかへるといふことでなしに、俳句といふもの、本来の面目を振り顧つて見ることが必要ですね。それで季といふことは？
虚子　［波郷は季題を大事にしているが、季題趣味が駄目だという（けん二）］私は趣味といふ言葉はいゝ言葉だと思つてをる。本当の季題趣味をもう一度振り顧つて見る必要があらう。
虚子　［波郷は季題より定型に重きを置いている（敏郎）］定型も固より大事。

霜の墓抱きおこさるる*時見たり　　＊「されし」の誤記

虚子　『抱きおこされた』のは『霜の墓』であるかと一寸解釈される可能性が強い。併しよく読めば作者の意図は想像される［注］。
虚子　［二通りに解釈されるのは表現の曖昧のためか（敏郎）］併しそれは或程度の好意を持つて解釈してもいいでせう。墓が抱きおこされたのではをかしい。『時見たり』とことはつてゐるところに意図があるのであらう。写生句ではあるが少し違ふ。

［注］「馬酔木」昭和二十三年四月号「春へ」（七句）で波郷のこの句の原句に当たる「霜の馬車抱起されて眺めをり」が掲載されている（「俳句新空間」平成二十六年十二月二十六日、筑紫磐井「波郷と秋桜子」）。

③中村草田男《なかむら・くさたお》　研究座談会（30、47、24）

略伝――明治三十四年〜昭和五十八年。松山中学・高等学校を経て、東京帝国大学国文学科卒。病気療養中の昭和四年に高浜虚子に入門。成蹊学園に奉職した。人間探究派時代は新興俳句と論争し、個別には日野草城との「ミヤコ・ホテル」論争、桑原武夫との第二芸術論争、金子兜太との前衛論争等を執拗に繰り返し、晩年には山本健吉との軽み論争を行うなど終生論争に明け暮れた。二十一年「萬緑」を創刊主宰し、香西照雄、成田千空、磯貝碧蹄館、鍵和田秞子らを育てた。句集に『長子』『萬緑』『銀河依然』など。

鑑賞――研究座談会で虚子は、草田男をホトトギスの限界線と見なしており、歯に衣を着せぬ批判を行っている。

　壮行や深雪に犬のみ腰を落とし

虚子　［表面賑やかだが暗黒的なものも出てくる（けんじ）］暗黒的とまで言はなければならんですか。

虚子　出て征く人は、そこに立つて、これから戦《いくさ》に召されて行かうとしてゐる。送る人は忙しくしてゐる。皆、安き心持もしないで、送つたり送られたりしてゐる。その中に、唯犬だけが坐つてゐるといふ、唯、それだけぢやないですか。草田男のことだから、その奥に何かあるのかも知れませんが、この句からはそれは汲み取れません。この句はわかります。いい句です。写生句を作つてゐたから、写生の句のよさがわかつてゐる。但し我等の写生と、草田男の写生は此頃多少違つて来てゐる。

勇気こそ地の塩なれや梅真白

虚子　［「地の塩」はバイブルにある語で、どうしても必要なもの（敏郎）］さう勿体をつけたところで句としては大した句ではない。

みちのくの蚯蚓短し山坂勝ち

虚子　『蚯蚓短し』と『山坂』と、どういふ関係になるのかな［関係というより実際にあった場所（けんじ）］。

虚子　［みちのくらしい句と言われていますが（遊子）］みちのくらしいかしら？次に行かうではないですか。

焼跡に残る三和土や手毬つく

虚子　いいでしょう。平凡のやうに叙してあつて、平坦であつて感じが出てゐる。いい句です。

伸びる肉ちぢまる肉や稼ぐ裸

虚子　わからんことはない。

虚子　［稼ぐは如何ですか（けん二）］まあ、いゝでせう。でも、『耕せば（うごき憩へばしづかな土）』の方がいいかな。いづれも作者の主観が多少露骨なのが厭だ。

虚子　［ホトトギスに投句したら採るか（立子）］採るかも知れん。

炎熱や勝利の如き地の明るさ

虚子　私は嫌だな。

厚餡割ればシクと音して雲の峰

虚子　［不死男は庶民的な悲しさだというんですね（敏郎）］へえ。

金魚手向けん肉屋の鉤に彼奴を吊り

［『火の島』より］

虚子　この句は或男が草田男に金を借りて返さないんだ。草田男が、非常に怒つて、この句が出来たんだ。其憤りが出てゐると思つてホトトギスに採つたんだ。

＊　＊

虚子　正月には、今でも年賀にやって来て茶の間でお婆さんを相手に、大概、細君に叱られる話をして、お婆さんを笑はして帰る。

虚子　［センスが普通の人と違う（立子）］併し常識の男です。

麺麭とトマトバッハの曲からペトロの声

虚子　［食卓で聞こえる受難曲か（遊子）、『麺麭とトマト』で食卓のことと感じ取れるか（けん二）］感じ取れないことはない。

日の自足森の中なる旱道

虚子　『日の自足』とは、どういふ事ですか。［太陽の存在していることを自足と感じ取った（けん二）］

虚子　？

虚子　［今度説明を聞いてみたい（けん二）］聞いてみなくてもいゝぢやありませんか。この句の運ぶ意味が分らんとなつたら分らんでいゝでせう。

蟾蜍長子家去る由もなし　〔『長子』より〕

虚子　これはホトトギスにも取つたやうに覚えてをる。併し蟾蜍と下十二字の感じとがしつくりしない。本当の描写にならずに矢張り思想が露骨に出てゐる。私の好きな句は、やはり

降る雪や明治は遠くなりにけり　〔『長子』より〕

『明治は遠くなりにけり』といふ叙情は陳腐だが、『降る雪や』と置いたところが、景色と其感じとが極めて適切で、悠遠な感じが出てゐる。

秋の航一大紺円盤の中に　〔『長子』より〕

もいい。ただ、この季語に多少の遺憾がある。

◎総評として

虚子　［草田男は二重の世界を持って初めて奥行きのある世界になるという（けん二）］そしたら、僕の主張する句も二重かな。余韻は二重とはいへないのかな。一つの句で二重に意味が運ぶといふのは其句が成功してゐないのではないか。尤も立子の句の如き、表面平凡に見える句で、裏面には豊かな味がある句がある。斯ういふのは二重ではないのかな。

虚子　［草田男は、写生俳句の功績を認めながら背後に心理的思想的なものが入ってくるのが明日の俳句だとするという（けん二）］内的要素を強いて裏づけやうとするから、無理が生ずるので

はないか。内的要素は、はじめから心の中に存在してゐるものであつて、物事を写生する場合に、其が働いて其物事の世界を作ることになる。だから事柄は平凡なやうに見えても、よく味つて見ると、そこに深い主観が覗へる。草田男のやうに俳句に二重性が必要だといふ考への下に作ると、其理想が露骨に出る。それでは詩としての味が無い。又叙述が無理になり難解になる。難解な句が出来るのはそこに無理があるからだ。

尚草田男の切実な内的要素といふのは、我等の感情といふものとは違つてをるかもしれん。併し理想が感情にとけ込まずに、理想のままで出るのでは詩にならぬ。少なくとも俳句では許せない。

虚子　いろ〳〵ろ試みるその勇気は買ひます。だけど、累を他に及ぼさないやうに注意して貰ひ度い。近頃の人はとかく新らしい標語をよくつくる。さうして其標語によつて行動する。各々其標語を旗印にし先頭に押し立てゝゐる。併し実際の句を見ると余り違はない。これは十七字、季題に縛られてゐる俳句だから止むを得ない事であらう。さうして矢張り、いゝ句はいゝ、悪い句は悪い、といふことになる。

深雪道来し方行方相似たり　　草田男
はたはたや退路絶たれて道初まる

虚子　私は『来し方』の方は理屈つぽいが先づいゝと思ひますね。

虚子　［はたはたになると大部理屈っぽい（立子）］さうだね。

深雪道来し方行方相似たり

は景色が出てゐます。それに現われた主観は陳腐であつて、それには別に感心しないが唯景色とマッチしてゐるからいゝ。

降る雪や明治は遠くなりにけり

と同巧異曲にして稍まづい。

虚子　［写生派だから見て作ったのか（けん二）］芭蕉の、

この道や行く人なくて秋の暮

の方がより主観的ですね。

虚子　［草田男は芭蕉の行き方をやろうとしているのか（けん二）］私は『この道や』はいゝ句と思ひませんね。

虚子　［『はたはた』が成功しないと草田男の狙いは達せられない］我々の俳句としては感心しない。

虚子　ほんたうの写生的見地からすれば、この『はたはた』のやうな句はとらない。

野の街に古樹は根深し氷食ぶ

虚子　それは主観が露骨で無い。さういふ景色は田舎町によくある。

夏埃立ちては故郷の地に落つる

虚子 そりや駄目だね。今の、『野の街に』の句の方はいい。併し、『古樹は根深し』と態々断つたところは少し臭い。

虚子 ［草田男は両面作戦だ（敏郎）］さういふ処がありますね。

かぶりものはきもの捨てて耕し初む

耳の下耕馬の目へ寄り励しぬ

虚子 もう少し単純化すればいゝですね。草田男は昔から単純化が足りない。草田男にもいゝ句があると思ふんだが……。

虚子 ［やれば単純化できるが……殆ど多くの句が破調だ（けん二）］あれは性癖であらう。年取れば玉成するかもしれぬが。

鶏走る早さや汗の老婆行く

虚子 それは面白い。

虚子 ［立子に選んで貰うと別な草田男俳句の面がクローズアップされる（けん二）］さうだ。草田男は滑稽作者かもしれない。一旦滑稽な描写になると此句の如く生き〳〵として来る。又草田男が大真面目に言つてゐることが、私等からは滑稽に見えることがある。

虚子　［草田男は、思想性、社会性を生活者として活かし続け季題と一つになった自我と客観界に身をまかせると言っている］正直な告白だと思う。併し理論をおし進めて行くと弱い論になる。人間性、社会性に徹底した理論ではない。

虚子　［煎じ詰めると結局十七音と季題論になって他に何の手がかりもなくなってしまう（敏郎）］私も繰りかへし巻きかへし言つてをるのだが、やつぱり伝統といふものは強いといふ事になりますね。

戦よあるな麦生に金貨天降るとも　　草田男

虚子　麦生に金貨が降るといふことも拵へごとだ。『天降る』といふのも仰山すぎる。実感に遠い。戦さがいやだ、といふことにはもちろん異論はないが、事実を叙して自然にさう感ぜしむることを望む。此の空想的表現はいさゝか誇張が過ぎて、歌舞伎式で、たとへば熊谷が軍扇を上げて見得を切つたやうで、私には空疎な感じを与へる。

虚子　［若い者には意欲がかけているように見えないか（泰）］そんなことはない。此句は覇気がある。そこが若い人に好かれるところかもしれぬ。しかし僕はかういふ句は好まぬ。かへつて迫力が無い。

虚子　［もっと強いものをという感じは持つか（泰）］さういふ感じがするね。

虚子　〔俳句にも意欲が必要（泰）〕それは、必要だね。だが、やはり、おだやかな、内に潜む意欲が欲しい。

第5章　新興俳句

戦前の新興俳句作家と戦後の「旗艦」系の新人の句を取り上げた。草城はホトトギスに復帰しているのでここでは取り上げなかった。

①秋元不死男《あきもと・ふじお》　研究座談会（34、47、27）

略伝――明治三十四年～昭和五十二年。小学校高等科を卒業後、保険会社に入社。「渋柿」の句会などを経て、嶋田青峰の「土上」に参加。初期は、東京三の俳号。新興俳句運動に参加するが、昭和十六年、治安維持法違反で検挙され十八年まで獄中で過ごす。二十二年現代俳句協会の設立に参加し、幹事長などを務める。二十三年山口誓子の「天狼」に参加、「氷海」を主宰。鷹羽狩行、上田五千石、齋藤愼爾らを育てた。論客としても活躍し、「俳句もの説」を主唱。句集に

『街』『瘤』『万座』など。

鑑賞――研究座談会で虚子は、無季には批判的だが、即物的表現には好意的である。

クリスマス地に来ちちはは舟を漕ぐ

虚子 写生的では無い。

虚子 ［抒情的だ（けん二）］かういふ句もあつていゝでせう。

獄の門出て北風に背を押さる

虚子 ［全体としてよく分かる（けん二）］同感です。写生的と云つても差支へないが、作者の考へといふ風にとつてもいゝ。よく分る方の句です。写生といふ事を斯ういふ人は軽蔑してゐるんでせう。

虚子 ［軽蔑はしていないが、物心感合でなければならないという（けん二）］これ位の作意といふか、斯ういふ風の句をどういふ風に云つてゐますか。［『背を押さる』はいいではないか（立子）］

鳥わたるこきくくと罐切れば

虚子 ［あの時代の淋しさが句のうしろにひそんでいる（けん二）］あの時代とは。

虚子 ［戦後の苦しい淋しい時代（けん二）］戦後のことを云つたんでせうね。それにしても季題の選択が問題になる。『鳥わたる』が最も適当な季題かどうかゞ問題である。
虚子 もつとよい季題は無いものか。
虚子 [「鳥わたる」では戦後の不安な生活だということがわからない（敏郎）]戦後の句だと思ふから想像するんで、『鳥わたる』だけでは分らないでせう。先づ戦後の句と承知して味ふのですね。
虚子 [「こきこきこきと罐切れば」が面白い（立子）]不自由で罐がうまく切れないで、辛じて切つたといふ心持が出てゐるんぢやないか。写生句でないと考へるとそんな感じがするけれど、それは思ひすぎかも知れん。『こき〳〵』と罐を切つた時の感じはいゝ。

電柱の電気のそばで柿熟す

虚子 [感情というものを排除してものだけを持ってくる「もの」俳句だ（けん二）]感情を排除したんですか。
虚子 [抒情的にでなく「もの」として打ち出す（けん二）]我々の写生と同じぢやないですか。併し私等の句は感じは説明しないが、それでも感じが伝はることを庶幾する。これでは何の感じも伝はらないやうに思ふが。
虚子 [感情を排除したらつまらないというのか？（けん二）]さうではない。この句では感情が伝はつてこないといふのです。電気が伝はつて来ないといふのです。（笑）

虚子　［人間中心であり、構成的知的という面が多く、また天狼の根源論的な実存主義も入ってきているのが差だ（けん二）］『柿熟す』に何かあるといふのですか。

虚子　［柿熟すが主題だ、電柱の電灯とそばに柿があるべきように熟している（けん二）］作者はそれについて何か感じを持つてゐるとすれば、其の感じが伝はらなければ……。

虚子　［電柱・電気・柿があることに論理的な意味を感じるけれど、それが表現の上に出てくることは拒否する。根源俳句論を読んでもはっきりつかめない（敏郎）］私にも分りません。

虚子　［あったことをそのままに言ったのではないか（立子）］電柱の電気のそばに、熟した柿があるといふのなら純写生と云へるが、そばで熟したと云へば何か意味があるやうに思ふ。其意味が分らない。

虚子　［「そばで」でなく「そばに」というのか？（敏郎）］斯ういふ叙法をした俳句に興味がないのです。

虚子　［写生論と違うところがないが実際の句となると違う、発想の仕方が違う（敏郎）］発想法が違ふんでせう。小説と似てますね。これが違ふ。

虚子　［出発が違うといくら論として写生的になっても実際の句はそうならない（敏郎）］不死男氏には一度逢つたやうに思ふ。穏やかな人であつたやうに思ふ。

虚子　［季題論は違うが他の理論は大変我々に近い（けん二）］季題についてはどういふ考へ？

虚子　［無季俳句もまた存在するという（けん二）］無季の句でも詩ではないと云へない。連句の無季の句を取り出しても詩であるものがある。けれども俳句（発句）では無い。
虚子　［季題は根源俳句論では問題にならなかった、平畑静塔は季題と季題以外を等価に見ている、社会性俳句では季題が有れば便利だという考え方なのだ（敏郎）］便利だからといふだけでは軽く見過ぎてゐる。日本人が自然に接近してゐるといふ事は私もよく言つてゐることだ。
虚子　［向こうの人も俳句の歴史を反省してきた（敏郎）］兎も角故人がやつて来たといふことにはそれだけの理由があると思ふ。

冷されて牛の貫禄しづかなり

虚子　此の場合『貫禄』といふ言葉は面白くない。
虚子　状景はいゝ。唯『牛の貫禄』といふ言葉は面白くない。
虚子　私等は言葉の吟味が足りないと思ふが、作者は却つて選択した言葉と思つてゐるんでせう。
虚子　［有名な句で褒める人も多い（けん二）］好き〳〵ですね。私は好かない。

苗代や一粁先に艦浮ぶ

虚子　これは、いゝ感じがする。こちらの方には苗代があつて田園の風景。沖には軍艦が浮かんでをる。しかし生活に必要な米と人を殺す軍艦とを対照したところがねらひなのかもしれぬ。私等はそれに関係なくいゝ景色だと思ふ。

虚子　『一杆』が面白いと思ふ。前の句の『貫禄』とは違ふ。まあ人々の感じはいろ〳〵だからね……。

秋黒し昏れて単線の踏切
蛇消えて唐招提寺裏秋暗し

虚子　〔『秋黒し』『秋暗し』という使い方をする（敏郎）〕さういふ新らしい言葉は好まない。私の頭には具象しない。私は新らしいといふことは、新らしい言葉を使ふといふことでは無い。深く其季題を研究するに従つて生ずる新らしい境地だと思つてをる。何でも深く深くと志してゆけば自然に新らしくなつて来る。即ち『深は新なり』ですね。

少年工学帽かむりクリスマス

虚子　〔作者は『古りし』と『こと』を述べてはまずいので、『かむり』と『もの』にいかねばならないという（けん二）〕『もの』には時間の経過がない、『こと』は時間の経過があるといふのでせう。
虚子　俳句にはもちろん両方が必要でせうね。唯此の場合は『かむり』で『古りし』では駄目ですね。『かむり』でなければ面白くない。『古りし』では死んでしまひます。
虚子　私は以前、空間的、時間的と云ふ言葉を使つた事があります。『もの』『こと』はそれに当て嵌まりませんか。俳句は絵と違つて文句でありますから、もと〱時間的にものである。併し絵画に近い空間的なものも有り得る。それが他の詩と違つて俳句の特色である。『こと』と『もの』の論議もそれに似てゐるやうに思ひます。

②西東三鬼《さいとう・さんき》　研究座談会（35、47、27）

略伝――明治三十三年～昭和三十七年。日本歯科医学専門学校を卒業、歯科医を開業。昭和八年、患者に勧められ俳句を始める。昭和九年「走馬燈」を経て、十年「京大俳句」に参加、戦火想望俳句で彗星のごとく登場する。十五年に「天香」を創刊するが、京大俳句事件により、特高警察に検挙され、起訴猶予となる。二十二年、現代俳句協会を設立し、二十三年山口誓子の「天狼」に参加し、根源俳句を鼓吹した。二十七年「断崖」を創刊主宰、三十二年には角川書店の「俳句」編集長を務める。句集に『旗』『夜の桃』『変身』など。

鑑賞――研究座談会で虚子は、一部の表現には批判的だが、「我等の好む句」と高い評価を与えた。

水枕がばりと寒い海がある

虚子　面白いと思ふ。感じが出てゐると思ふ。

虚子　［わかるか（敏郎）］わかりますね。

虚子　［感覚が鋭く明るい感覚でなく暗い（けん二）］いつかあつた、

女あたゝか氷柱の雫くゞり出て

もよくわかります。此句は暗くはないでせう。明かるい感じがある。

虚子　

湖畔亭にヘヤピンこぼれ雷匂ふ

虚子　小説的に言へば、男女が密会してをつたと言ふんでせう。さうでないと、『ヘヤピンこぼれ』が意味がないでせう。そんな点で有名になつた句ではないですか。『雷匂ふ』が、少し飛躍してゐるけれど、感じがないわけではないね。

虚子　［品がないし健康でない（立子）］小説ではよくあること。

虚子　

みな大き袋を負へり雁渡る

虚子　戦後といふことがなければ、『袋を負へり』に疑問。

虚子　袋を負つて遠くまで行く姿を想像する。

虚子　［「袋を負へり」では敗戦風景がぴんと来ないか？（敏郎）］『袋を負へり』と言へば、大黒様を想像する。『みな』があるからさうはとれんが、前書でもあれば格別、戦後とは、すぐにとれませんね。

虚子　〔言い方が不十分か？（敏郎）〕戦後の句とわかれば、いいでせう。
虚子　〔「大き」という言葉は嫌いでしょう？（立子）〕嫌ひだね。『大き《おほ》』といふ言葉はないだらう。
虚子　〔「大きい」と言えばいいでしょう？（立子）〕とにかく、『大き』といふ言葉は、不賛成なんだな。でも、佐々木信綱さんが、使つてゐたことがあるよ。あの人は学者だから何かさういふ言葉使ひがあるのか。
虚子　〔万葉集にある（敏郎）〕段々使はれてくると、何んともなくなつてしまふ、けれども、此頃は、『大き』と使ふのは、少くなつたね。

冬の山虹に踏まれて彫深し

虚子　それはかりに、
　冬の山虹のかゝりて彫深し
といつたら、どうだらう。それに満足しない処に、作者の意図があるんだらう。『踏まれて』が、得意な処なんらだう。が、かういふ言葉は厭だ。
虚子　とにかく、『虹に踏まれて』は、感心しない。

　鉢巻が日本の帽子麦熟れたり

虚子　これはいい。我等の好む句である。

虚子　［字余りにしたのはいい（立子）］うん。

虚子　［「麦熟るる」ではつまらない（立子）］感じがいゝ。

虚子　［技巧や苦労がないやうに感じる（立子）］さういふことが表に出てゐなくつていゝ。

中年や独語おどろく冬の坂

虚子　秋とか冬とかいふ字をくつつければ季題になるといふわけには行きませんね。

女あたゝか氷柱の雫くぐり出て

虚子　それは一寸感じがありますね。『女あたゝか』は感じがありますね。男よりも体質的に女は暖かといふ感じが出てゐます。女あたゝかと云つた為に、氷柱から出て行つたといふ感じが出てゐます。さういふのは比較的いゝと思ひます。

虚子　その句は今迄聞いたうちではいゝと思ひます。

虚子　此句は女の感じもあるし、出て行つたときの景色も出てゐる。それに気取りがない。さういふ句はいゝとしなければならないでせう。

虚子　［先生は写生は真ではないと言われているが（けん二）］写生が真で無いとは言はなかつたと思ふが。真も、其真を美化しなければ真で終る。美でなければ芸術で無い、といつたと覚えてゐますが。

③平畑静塔《ひらはた・せいとう》　研究座談会（35）

略伝――明治三十八年～平成九年。京都帝国大学医学部を卒業、精神医学を専攻。各地の病院に勤務後、栃木県宇都宮病院長となる。俳句は、大学時代に「京鹿子」、後「馬酔木」「ホトトギス」に投句。昭和八年に「京大俳句」を創刊。昭和十五年に治安維持法により検挙された。二十三年誓子の「天狼」の創刊に同人参加、「俳人格」「季題の悲運」など多くの評論を発表した。句集に『月下の俘虜』『栃木集』『壺国』、評論集に『俳人格』等。

鑑賞――研究座談会での虚子の発言は好意的である。のみならず後半の総評は、長大であるだけでなく、虚子の新興俳句等に対する核心的な批判となっている。後出の杞陽論と並ぶ好一対である。

徐々に徐々に月下の俘虜として進む

虚子　私もいいと思ふ。

道中の桟敷つらぬく遅桜

といふ句も、いいぢやないか。

虚子　〔これはホトトギスに出た句です（敏郎）〕　さうか。（笑声）

虚子　〔「道中」というのは？（立子）〕　島原の花魁の道中だらう。

平畑静塔君は、前は、我等仲間の句を作つてゐた人だ。たしか一度逢つたこともある。

我を遂に癩の踊りの輪に投ず

虚子　よくわかる。嫌といふ感じもあつたかもしれんが、遂に、そこまで行かなければならなくなつたと言ふ感じ、這入らうと思はなかつたのが、遂に這入つたといふ感じ。

向日葵の光輝にまみれ世に出でず

虚子　自分でも他人でもいゝが、光りの如き徳望を言つたものだらう。

虚子　〔夕方か日の落ちた時の感じ（けん二）〕　それはどつちでもいゝでせう。『光輝にまみれ』は畢竟主観だらう。

虚子　〔「光輝にまみれ」は無理ではありませんか（敏郎）〕　さうですね。

虚子　我等であれば『花粉にまみれ』とでもするか。それで作者の意図は達せられないか。そこが客観句と主観句との違ふところか。主観を現はすに客観を以てするといふのでは不満足か。

胡桃割る聖書の万の字をとざし

虚子　『胡桃を割る』といへば田舎の女房とか娘とか想像する。唯『聖書を閉ざし』といふのと『聖書の万の字を閉ざし』といふのとは違ふではないですか。

虚子　［字がびっしり詰まった感じ（敏郎）］作者は『万の字』といふところに意図があるのであらう。あなたのいふやうに字の詰まつてをると解するか、聖書にくど〳〵と説いてあることは合点してゐる。若くは胡桃を割らんには、といふこころではないのか。聖書を読んだことも無いのだから其心持は分らない。併し此胡桃を割る女は聖書を軽蔑してゐる人とは思へない。それは此句からさういふ軽薄な感じは受けない。聖書をとぢて胡桃を割るといふところに、面白味を感ずる。唯『万の字』と言はなくては、いけないとは思へない。それは無くても差支ない。我等はさう思ふ。が此作者は、も一つ追ひ詰めて言はないと不満足なのであらう。成るべく言はないでそれで意を通じさせやうとする我等とは違ふやうに思ふ。

　耐えがたく昼寝ころりと家の妻

虚子　［眠くて眠くてしょうがないと思った（立子）］その方だらう。少くとも表面は。

虚子　［「家の妻」はどうか（けんニ）］それはよく言ひますよ。

虚子　［よく分かる（敏郎）］面白い句だ。

◎総評として

虚子　［静塔は俳句は個人の生活を通さなければ句にはならないと言っている（けん二）］生活俳句ですか。

虚子　［社会性俳句に関して、静塔は個人の経験を通して社会を詠むのでなければ俳句として弱いといって、社会を変革すること自体を詠まねばならぬと主張する人から退嬰的だと言われている（敏郎）］それは、静塔君の意見に賛成します。小説にも、社会を改造するのが目的だとか言ふのがありますが、俳句のやうな短いものでは出来ませんよ。殊に四季を相手にするものでは。俳句は、もつと閑文学だと思ふのです。尤も閑文学でもそれが世の改良の誘因にならぬとは断言出来ないが……、世の中を改良するといふことを、真向にふりかざしては俳句では駄目だ。不適当だ。他の文芸を選むべしだ。其を俳句に求めるのは労多くして功少なし。

虚子　［静塔の立場は政治に関心を持たなければいけない（けん二）］俳句を作る人は、必ず政治に関心を持たなければいけないといふのは、をかしいですね。関心を持つてゐなければ作れないといふものではない。それは、俳句の一部分であつて、さういふ事に重点を置くべきではない。四季と共にあるといふのが俳句だ。四季と共にあるうちに政治あり社会あり人間あるのは結構だ。

虚子　［俳人格の俳句の投影において政治といふのはどうなるか（けん二）］理論をたてゝくると、違ふかもしれんが、実際作つた句は、余り違はないやうに思ふ。

虚子　［実際どれだけ表現されているかと言うことの判断は難しい（けん二）］結局、さうなつてくるでせう。十七字といふものと季題といふものによつて制限されてくるから、自然さうなるでせう。十七字と季題の間にすまはなければならない文芸で、政治といつても、それはほんの一部分だと思ふんです。新興俳句といつても、何といつても、さう新しいことは出来ませんよ。俳句は、そのうちにほろびますよ。併し能楽、歌舞伎がなか〳〵亡びないやうに容易に亡びない。伝統の中で新しいことを出来るだけするのが、我等の任務ですよ。それでも中々大変な仕事です。それが伝統俳句の世界です。もつとづば抜けた新しいことをしたい人は、俳句から、どん〳〵出ていつたらいいのですよ。

虚子　［季題の使い方でも具象的にでなく、心象的、象徴的ということが社会を暗示する。誓子、鬼房の「寒さ」の句の例を挙げて（けん二）］寒き暑きは、従来でも、主観的によく使はれてゐるでせう。さういふものは人間の苦痛苦悩の場合に、よく使はれてゐます。さういふ季題で無いと役に立たないとなると、季題として使へるものは、随分少くなつてくるでせう。尤もそれは勝手ですが。

虚子　［鬼房の句は具象性のないものを多く使う（けん二）］我等は、具象性を強調するんだから……

虚子　［鬼房の句の静塔の新解釈について（けん二）］さう解釈するから、さうなるんで、それは勝手です。残念ながら俳句といふものは、それ程新しい文芸ぢやないです。俳句は社交的といつてはをかしいが、団体の者が集つて楽しむといふ点で、社交性があります。さういふことを考へると、ほんとの文芸として論ずるばかりでなく、社交性を考へて論じなければ駄目だと思ひますね。

虚子　［陳腐と平凡な句のけじめがつかぬので、「万の字」のようにそこまでいわぬと陳腐となってしまうと思うのだろう（敏郎）、平凡のよさ（立子）］さうだ。

虚子　［静塔に陳腐ではなく平凡の良さがあると説明する必要がある（敏郎）］我等の面白いといふ句は、かういふので、面白いのだと説明してやるんだな。

虚子　平凡であつても、うまく言つてゐるのは、其事に於て価値がある。

虚子　平坦な句で、いいのはいい。まあ、世間の人のことばに頓著なく作ることだ。何時か、それ等の人にもわかることがあるよ。

虚子　［素十は「大仏の冬日は山に移りけり」を褒めてくれたが、秋桜子は「冬の浪くだけしあとのしづかかな」を誉めてくれた。はっきり二人の考えが違うと思った（立子）］秋桜子は歌を作つてゐたからどうしても其の影響がある。

大仏の冬日は山に移りけり

のやうに、なんでもないやうに見えるのには興味がないんだ。秋桜子にも、いゝ句がある。

啄木鳥や落ち葉をいそぐ牧の木々

といふやうに。歌の栞といふものがある。素十のは、俳句から這入つた俳句だ。

④高柳重信《たかやなぎ・じゅうしん》　研究座談会（50）

略伝――大正十二年〜昭和五十八年。「春蘭」で投句開始。早稲田大学専門部法科に入学、昭和二十二年富澤赤黄男に師事し「太陽系」（後、「火山系」）に参加。三十三年より「俳句評論」創刊、四十三年より俳句総合誌「俳句研究」の編集長となる。「俳句評論」からは加藤郁乎、中村苑子、安井浩司、折笠美秋、夏石番矢、澤好摩などを輩出させた。句集に『蕗子』『山海集』『日本海軍』など。

鑑賞――研究座談会で虚子は、終始批判的だった。

海
押しよせる
河口に
病むは
若き蝙蝠

虚子　これを俳句といふことは、どうかと思ふ。勝手によぶのは致し方が無い。巴里の俳諧詩人が嘗てかういふのを作つてゐた。

虚子　何故俳句と言ひたがるんでせう。俳句と言はない方が、作者に取つてもいいことは無いんですか。あなた方はどうです。高柳氏に代つて。

虚子　［俳句との共通点を考えている（けん二）］どういふ点ですか。

虚子　［師の富沢赤黄男は詩を書くが詩になると平凡でつまらない、俳句に近づいてくると面白い（敏郎）］同じものを詩といふと詰まらない。俳句といふと面白いといふのはわからない。

虚子　詩といふのならいい。俳句といふのはいけない。併し面白味は同し文字が齎らすのだから同しでなければならぬ。

虚子　この人は勝手に作つてゐればいいんだ。たゞ、それを俳句といふので問題になつてくる。

くるしくて
みな愛す
この
河口の海色

虚子　［シンボリックに心象を表している、どんな色だろうか（けん二）］どんな色でも、差支へないでせう。この作者に聞いてみなければ分らんが。

虚子　［北陸に行くと緑色の色調の時がある（けん二）］どの辺ですか。

虚子　［親不知だ（けん二）］陰惨な感じがしますね。第一岩の感じが。
虚子　かういふ感じは我々にもあります。たゞ、詠はないだけです。もつと明るいものを詠ひます。
虚子　時代に遅れまい〳〵としてゐる其の心持はよく分る。

杭のごと
墓
たちならび
打ちこまれ

虚子　陳腐だと思ふ。斯ういふ考へは、我々の頭に、いくら浮んだかわからない。句にしない許りだ。
虚子　私が古いと感じてゐることは、人生に対して、今更斯ういふことを取り出していふのは古いといふのですね。
虚子　感じが古いのです。事実は常に古く常に新らしい事です。人間は常に生滅してゐる。
虚子　［かういう行き方では新しさが生まれてこないと言うことか？（けん二）］表現が新しければ、新しくなつてくるでせうがね。

◎総評として

虚子　いろんなものがあつて、いいと思ふんです。いろんな種類のものがあつて、差支へない。唯、俳句といふ境界線を、どの辺に引くかといふことですね。詩壇にはあらゆるものがあつて差支へない。それが、価値のあるものなら永続するでせうし、価値のないものは滅亡するでせう。唯、俳句の限界を、も少し極めておいて貰ひたいですね。勝手なものを作つてそれを俳句だといふのはどうかと思ふ。俳句といふものを、整理しておいて貰ひ度い。それはあなた方の責任ですよ。（笑）

虚子　だから、十七字と季題は大事にして置かなくちやいけないね。それで俳句が成りたつてをるのだから。

虚子　たゞ、俳句といふものはどういふことかといふことだけを、此際極めて貰ひ度いね。なんでも俳句とは云へないからね。俳句は或る限られた詩だから。

虚子　俳句から遠ざかつては、俳句といふものではないだらう。

虚子　［無季で構わないと言ったのは明治からか？（立子）］碧梧桐だ。

虚子　［窮屈な中で自由を楽しむなんて洒落ている（立子）］其言は面白い。

虚子　［連句が遺棄され俳句一本槍になったせいか？（敏郎）］俳諧から、俳句は遊離した。自然々々に、独立したものを作るやうになつた。蕪村も俳諧は作つた。

虚子　［俳諧は季のない句もある（立子）］さうだ。併し俳諧全体、連句全体から言へば、矢張り季題の文学だと思ふ。如何に巧妙な恋の句であっても独立してみると興味の薄いものとなる。

⑤楠本憲吉《くすもと・けんきち》　研究座談会（48）

略伝――大正十一年〜昭和六十三年。慶應義塾大学法学部卒、家業は料亭「なだ万」。昭和二十一年日野草城を擁し、伊丹三樹彦、桂信子らと「まるめろ」創刊。一方、清崎敏郎らと「慶大俳句」を創刊。二十七年草城主宰「青玄」に参加。四十四年「野の会」創刊主宰。的野雄、鈴木明などを育てる。評論家、俳句史研究家としても知られ、文化人としても活躍。句集に『隠花植物』『楠本憲吉集』『孤客』など。

鑑賞――研究座談会で虚子は、表現法の違和感を表明しつつも批判的ではない。

寒雲の片々たれば仰がるゝ

虚子「我々と異質のものがある。語法の上からは少し違うところがある（けん二）」あなたはどう考へますか。

虚子「際立ちがあり、引っかかりがあるように思う（けん二）」どう云ふ風に感じますか。

虚子「「片々たれば」が片々でなければ仰がれないという感じを伴う語法だ（敏郎）」叙法がいゝ

と考へますか、悪いと考へますか。

虚子　［このままでは完全とは言えない、深いものが出てくればこの言い方でいい（敏郎）］『たれば』と云つた処に意図がある。かういふ句は好まない。『たれば』は云はなくても、仮に、『片々として仰がるゝ』といつても景色は分る。それを『たれば』といつたのは、景色を叙するといふ事よりも、『たるが故に』と意思がある。景色を描いて、それから種々の聯想を人々の自由に任すといふのが我々の句作法だ。『たれば』と云つて作者の意図を限定してゐるのは好まない。

虚子　我々の句をなんでもないぢやないかといふ人は、いふ人に任して置くよりほか仕方が無い。

虚子　［突然入席してきた中村草田男に対し］それよりも、

寒雲の片々たれば仰がるゝ

はどうです。

虚子　［分かるように思う（草田男）］『たれば』は。

虚子　［短歌的だ（草田男）］『として』ならば、私にも分る。

虚子　［茂吉の匂いがある。やり損なうと悪い匂いになる（草田男）］草田男君も好まないですか。

虚子　［私もこうした言い方を使ったことがあるが嫌になった。／「寒雷」はいいが「寒雲」はどうですか。（草田男）］『寒雷』は使つていゝと思ひます。

黍揃ふ吾晩学の流す灯に

虚子　この句はどうです、意見は——。

虚子　『流す灯に』『吾晩学の』が……〔草田男〕『黍揃ふ』はどうです。

虚子　〔同じ高さに茎が並んでいること〔草田男〕〕『揃ふ』といふ所に、意図があるのではないですか。

虚子　〔晩学の励みと黍にある結びつきを感じているのであろう〔草田男〕〕揃ふたやうに感じると云ふのが、我等仲間の句作法と違ふ処ですね。

虚子　〔姿にとらわれると実感を意味ありげに言うおそれがある〔草田男〕〕さうです。

毛糸編む影婚歴のごとく深し

虚子　言葉づかひは我等仲間と違ってをつて一寸不愉快だが、大体の感じはいゝと思ひます。それに、この表はしてゐる画面はいゝ画面です。毛糸を編んでゐる姿によつて、妻君が大分婚歴を経て、年をとつてゐるのに同情してゐる感じが出てゐると思ひます。『影婚歴のごとく深し』は、いゝ言葉とは思ひませんが、好感が持てる句です。

人妻よかがめば螢鼻さきに

虚子　〔なぜ人妻よと言うのだろう〔立子〕〕分らない。

ダリア明し身弱妻の辺抽んでて

は言うてゐる心持は分る。

虚子 「自分なら「目にとめて」とでもするが（立子）」さういふ処が違ふ。さう違つた考へでもないんだけれど、言葉が違つてゐる為めに違つてくるんだらう。

⑥ 桂 信子　かつら・のぶこ　研究座談会（38）

略伝――大正三年～平成十六年。大阪府立大手前高等女学校卒。昭和十三年日野草城「旗艦」に投句、二十一年日野草城を擁し、伊丹三樹彦、楠本憲吉らと「まるめろ」創刊。二十四年草城主宰「青玄」に参加。四十五年「草苑」を創刊主宰、宇多喜代子、攝津よしこ、齋藤梅子らを育てる。二十九年からは「女性俳句」も編集。句集に『月光抄』『女身』『花影』など。山口誓子を論じた『『激浪』ノート』がある。

鑑賞――研究座談会で虚子は、ホトトギスとの叙法の相違を指摘し、後述の細見綾子と比較している。

月の中透きとほる身をもたずして

虚子 『月の中』は『月光の中』といふ意味ですか。

虚子　［そうだと思う（遊子）］『月の中』が分らない。
虚子　［なま身の自分を感じた句ともとれる（遊子）、どう思うか（けん二）］仰山だな。

クリスマス妻のかなしみいつしか持ち

虚子　よそのことはよく知らないから分らないが、どういふことですか。［昔なら無邪気に遊んだが今は妻としての悲しみ（敏郎）］

＊　＊

虚子　総評すれば、特に分らないといふ句もなし、敍法はおだやかな方であるけれども、写生俳句とは違つてゐる。

ひとり臥てちちろと闇をおなじうす

でも、写生的に云へば『おなじうす』といふことは、寝てゐて外の闇の中にちちろ虫が鳴いてをるといふことで、敍法が違つてゐるだけで悪いとは思はんです。

女若くあやめ切るにも膝まげず

は敍法は違つてゐるけれども、別に悪い感じはしないです。其他は余り感心しないですね。

虚子　［説明的ではないか（けん二）］さうですね。一寸違つてゐますが、描かんとするところは分りますね。

虚子　［女の姿態が現はれてゐる（敏郎）］正直に現はれてゐればいゝのだが、体裁を繕つてゐるといふか、拵へた処がありますね。

虚子　［気取っている（立子）］云ひ方ですね。卒直に云つてをればいゝんだけれども装つてゐる。

第6章　社会性俳句

①能村登四郎《のむら・としろう》　研究座談会（36）

略伝――明治四十四年～平成十三年。国学院大学高等師範部に入学し、私立市川学園に奉職。教職に就いてから「馬酔木」に投句する。昭和四十五年「沖」を創刊主宰。句集に『咀嚼音』『合掌部落』『枯野の沖』などがある。

鑑賞――研究座談会で虚子は、社会性俳句の生硬な表現に疑問を呈するが、市民生活を詠んだ句には好意的である。ちなみに、能村、沢木はこの座談会（昭和三十一年四、五月）の直前に、「俳句」（三十年十月）で大作「合掌部落」「能登塩田」を発表している。

風まぎる萩ほつほつと御母衣《みぼろ》村

虚子　［『風まぎる』は普通使う言葉か（立子）］国学院の人だといふから斯ういふ言葉には詳しいわけだが、私等には分らない。

虚子　［『風まぎる』はそうとしてこの句はどうですか（敏郎）］さうとはどういうさうですか。

虚子　［風に花と葉が紛れて見える（敏郎）］さういふ景色かとも思ひますが、この言葉だけではさういふ印象が明に受取れませんね。

虚子　［登四郎のは分る句が多いが（けん二）］分るといふのは想像するから分るんですか。

虚子　表現法が我等仲間と違ひますね。どこか感じにそぐはない様に思ふが、どうですか。

虚子　此の前林火君に云つたんだが、林火君仲間の句も具体化が十分でない感じがする。此句にもさういふ点にうらみがある。

虚子　［座談会で林火が写生でない句のことをしゃべった（けん二）］写生をどう言つたんです。

虚子　［写生でない句があってもいい（けん二）］そりやあ我等もさうです。写生ぢやない句があつても無論差支ありません。唯写生を貴ぶ許りです。それも句作の上から、必要上からいふことです。写生をすれば自然具象したものになる。

虚子　［社会的反映がないといっても同情の感じがあるのではないか（けん二）］何かあるのはいいですが、欠点が無く表はせてゐるかゐないかが問題です。

虚子　［『日月の露ふれり』（後出）は具象化が足りないですか（敏郎）］これは主観で問題ないですが、
風まぎる萩ほつほつと御母衣《みほろ》村

はもう少し景色をはつきり表はせばいゝと思ふ。『風まぎる』だけでは不満足だ。尤もこの上五文字には作者の主観があるので、其点が大事なのであらうが。

虚子　［主観が無くては合掌部落に対する作者の心が出ない（敏郎）］そこがむつかしいところですね。仮に『亡び行く村』といふ前書きを置いて、景色は単純に、萩の花の咲いてゐることをいへば、其単純な叙景が却つて深く作者の情緒を伝へ得るかと思ふ。

虚子　［前書の句はあってもいいか（けん二）］前書の句はあつても差支ないでせう。第一慶弔の句がさうです。人を弔ふといふことは前書において、句は景色を詠ひ、其景色を透して悼む心持を運ぶといふ、さういふ場合が多い。前書と句とがうまくマッチする、それが慶弔の句になるのでせう。

虚子　［先生は前書を普通つけることを好まない（けん二）］私はみだりにつけることは好みません。卑怯です。併し止むを得ぬ場合はつけてもいゝでせう。

虚子　［社会性俳句も前書が許されれば活路がありそうだ（けん二）］俳句で現はせないから前書をつける、といふ安易な気持ちは固より不賛成です。なるべく前書はつけないことゝして置いて、止むを得ない場合はつける、さうして其前書とは不即不離なやうな俳句であつて、而かもそれが前書と響き合つてゐるといふやうにありたいと思ひます。たとへば此句でも、前書に其亡びゆく村を悼む心持は言つて置いて、景色に花の咲いている事を叙すれば、よけい其亡び行く村を哀むこゝろもちが出はしないかと思ひますね。

合掌部落ほろぶ日月の露ふれり

虚子 〔面白いですね（立子）〕『ほろぶ日月』はどうだらう。

虚子 『日月』と云ふ言葉がありますか。

虚子 〔万葉にある（敏郎）〕それならば致し方が無いが。

虚子 これは分るね。心持を運ぶのにすらすらと運べてをる。主観が正しく出てゐるからだらう。

暁紅に露の藁屋根合掌す

優曇華や寂と組まれし父祖の梁

虚子 『暁紅』といふ言葉はどうか。『父祖の梁』といふ言葉は耳馴れない。

捕虫網買ひ父が先づ捕らへらる

虚子 〔ユーモラスな内容だが詠い方が硬い為にユーモア感が出ていない（敏郎）〕ユーモアが出てゐないとおつしやつたですが、『父が先づ捕らへらる』と云つた為にその子供がお父さんを頭から捕へるといふ軽いユーモラスな気持が出てはゐませんか。子供が不幸だつた〔上の子が次々になくなったこと（敏郎）〕と云ふ事は知らなかつたが、聞いて見れば更に此句を面白く思ひますね。

旅へのうづき夜空は張りて七月へ

虚子 この心持はだれにでもある心持ですが、唯此の人はその心持を誇張して叙さうとする傾きがある。誇張した処がその人の特長なのであらうが、もう少し素直に云つた方がよくは無いか。併し誇張して云はなければ効果が無いといふ説もある。誇張して言つたが為に初めて人々によく分る。世間で受けるといふのはすべて其処にある、といふ説もある。そこが我等と違ふところだ。我等は、平凡（?）に素直に云つて分らない人には分らない、分る人には分るといふ態度でをる。文芸はさうあるべきものと思つてをる。但し平凡を好むといつても決して平凡を好むのでは無い。たとへて見れば手先に力を出さないで腰に力を籠めるといふ類だ。手足には余り力が這入つてゐないやうに見えるが腰に力の這入つてゐる句が欲しい。併し本当に平凡な句はつまらないこと勿論だし、誇張して云つてそれで素直に成功するときもある、一概に云へませんね。実作についてゞないと何ともいへない。尤も此の句などは分らんことはない。

虚子 ［分かることは分かる（けん二）］云はんとする処は同情が持てる。けれども云ひ様が……。

教師やめしその後知らず芙蓉の実

虚子 いいのですが『芙蓉の実』がどうか。此の季題の働きがどういふことになるのか。

虚子 俳句が生きるか死ぬかといふのは季題にある。『芙蓉の実』は最前誰か、仰しやつた、秋も末になつたといふ理屈は分るが、しつとりした感じがない。其感じから『成程』と同感するに至らない。尤も感じの問題は人々によつて違ふから致し方がない。『秋の風』となればすぐ分る。併しながら陳腐だ。

虚子　[からからの芙蓉の実が直感的な感じにつながった（けん二）］それはまはりくどい。理屈になる。

虚子　[芙蓉が実になる時分という感じ（敏郎）］其れも感じから来ずに理屈から来る。それより『秋の風』の方がよくは無いか。陳腐だが。

虚子　『芙蓉の実』は唐突に感じるね。感じがぴつたり来ない。

寒むやわが生涯に侍すチョーク筥

虚子　『生涯に侍す』はいいですが、『寒むやわが』は気取りがあるやうでいやだ。

虚子　[概念的だ（立子）］つとめて概念的を避けやうとしてゐる我等のとは違ふね。

虚子　[登四郎は構成では駄目だとなってから抜け出そうとしている（敏郎）］所謂構成俳句を作つてをつて、それが写生俳句にならなければならんといふ考へはどういふことですか、さういふことを自分で云つてゐますか。

虚子　[作者自身は言っていない。表現が段々単純になって説明的でなくなっている（敏郎）］それは結構なことだが……。

子にみやげなき秋の夜の肩ぐるま

虚子　今迄聞いた処では一番いゝと思ふ。ちつとも異存はない。調子も面白い。

菊の雨子等の砂場に一日浸む

虚子　［構成的と思うが（けん二）］構成的と云つてもいゝかも知れんが、写生句といつてもよい。『肩ぐるま』より多少こしらへものだが。

綿虫を齢の中にみつつあり

虚子　綿虫は子どもの時によく目に止る虫であつたが、其後年を取つて行つても、いつも心を牽かされる、とさういふ風に解釈してはどうですか。

虚子　［小さいときに見て、今もまた現在の齢の中に見た（けん二）］さういふ感じではなからうか。但し『齢の中に』が果していいか、悪いか。少し晦渋で分りにくいか。

虚子　［平明に言えそうだ（けん二）］でも平明に云つたんでは、この作者は不満足かも知れませんね。

◎総評として

虚子 〔登四郎は十七字と季題を大事にし、伝統に根を据えているので、社会とのつながりをどうするか期待している（けん二）〕その点は大いに賛成ですね。けれどももう少し素直に写生することを心掛けたらうんと進歩するでせうね。強いて社会意識を表現しなければならんといふ感じがあるのはどうかな。知らず〳〵のうちに社会意識がでてくるといふ句で結構では無いのか、もう少し平明に叙す方がいゝと思ふがな。努力には敬意を表する。

②沢木欣一《さわき・きんいち》　研究座談会（37）

略伝――大正八年～平成十三年。第四高等学校、東京帝国大学国文科に入学。四高時代に「馬酔木」「寒雷」などに投句。昭和二十一年同人誌「風」を創刊、同誌の社会性アンケートで社会性俳句を「社会主義的イデオロギーを根底に持つた」俳句と主張した。細見綾子と結婚。句集に『雪白』『塩田』『地聲』などがある。

鑑賞――研究座談会で虚子は、写生と通じる即物的な表現に好意的である。

塩田に百日筋目つけ通し
塩一石汗一石砂積み崩し

貧農が海区切られて塩田守る
水塩の点滴天地力合せ
夜明けの戸茜飛びつく塩の山

虚子 塩田は夏となるべき季題でせう。いい句が沢山生まれればやがて夏期の季題として歳時記に収録されるでせう。

虚子 [力のある句ではないか（けん二）] さうですね。或る力を以て塩田を写生したものと思ひますね。

虚子 [嘘がない（立子）] 塩田に託して、自分の思想を詠はうとしてゐるんだね。

虚子 写生なら、もう少し言ひやうがあると思ふ。句ががらりと変つて来る。或思想を持つて作れば斯ういふ風の句になる。季題をも少し大事に思つて作つて見てはどうか。

虚子 季題といふことを、どういふ風に考へてゐるか、聞いてみたい。

虚子 此人の意図する如きは季の無い詩を選む方が自由ではないのか。

虚子 [作者は自然を詠っても主題を追求する（けん二）] 結果は両者交錯してをるが我等は先づ自然を尊重する。

虚子 [生活意識を第一とする（けん二）] それならば、なぜ季題を入れるかですね。

虚子 [だから無季の句を認める（けん二）] それなら問題は別だ。無季の句は俳句ではないというのが我等の主張だが。

　夕日沖へ海女の乳房に虻唸り

虚子　これは写生的じゃないか。いゝですよ

虚子　「此は何ら思想が入っていない、正直なのだ（立子）」かういふ人には正直な人が多いよ。

虚子　「寝ても覚めても社会性というのではなくて自然を見れば自然を詠う（敏郎）」それは、さうですよ。

虚子　要するに各々社会の一員ですからね。社会性とか人間性とかいふものは自然に現れる。

③古沢太穂《ふるさわ・たいほ》　研究座談会（37）

略伝――大正二年～平成十二年。東京外国語学校専修科ロシア語科終了。昭和十五年「寒雷」に参加。後新俳句人連盟に参加、二十六年「道標」を創刊。句集に『三十代』『古沢太穂句集』『捲かるる鷗』などがある。

鑑賞――研究座談会で虚子は、写生と通じる即物的な表現に好意的である。

砲きく夏富士雪痕匕首のごとくにとめ

虚子　雪に痕があるといふ風に取れるが、大きな夏富士が、雪を匕首のやうに受留めてゐるといふのか［イデオロギーがはっきり出ている（敏郎）］。

基地の夜や白息ごもりにものいふも

虚子　『白息ごもりに』とは、どういふことですか。［基地というので圧迫されている（けん二）］

虚子　『息をこもらす』は、ひそ〳〵言ってゐることか［息をひそめること（敏郎）］。

＊　＊

虚子　この人の句は、写生ですね。その点で感じがいゝですね。殊にはじめの、

子も手うつ冬夜北ぐにの魚とる歌

は状景がよく描かれてゐて面白いです。全面的に好感が持てます。イデオロギーは、別ですよ。

白蓮白シャツ彼我ひるがへり内灘へ

虚子　前の句に反し此句は季題を、無理に持つて来たやうだ。季の動きが乏しい。むしろ無季とする方が表現が自由ではないか。

虚子　［最近の作品は字余りに傾いている（敏郎）］さうでせうね。しかし、も少し単純化といふ

ことを考へれば句は、よくなるでせう。

④赤城さかえ　あかぎ・さかえ　研究座談会（52、47）

略伝——明治四十一年〜昭和四十二年。東京帝国大学文学部に入学。父は国文学者の藤村作。昭和十八年に「寒雷」に入会。句集に『浅蜊の唄』『赤城さかえ句集』がある。評論活動が盛んで『戦後俳句論争史』は名著とされる。

鑑賞——研究座談会で虚子は、思想性と表現を分けて論じる。

秋風やかかと大きく戦後の主婦

虚子　『かかと大きく』は、どういふ事です。

虚子　［踵ですよ（立子）］『かゞと』と僕等は濁つてゐるが『かかと』といふと何かの副詞かと思つた。

人を責めて来し冬帽を卓におく

虚子　この句はわかりますね。うまいぢやないですか。

虚子　この句は思想を持つた句と考へれば考へられるが、従来の俳句としても認め得る。描写が具体的だ。

亡父恋えば鏡のごとき良夜の地《つち》

虚子　『鏡のごとき良夜の地』は父藤村作の人柄が込められているか（敏郎）」子供が親を慕ふやうな感じとしたら、どうですか。

虚子　『良夜の地』が、一寸どうかと思ふね。

虚子　それも分らぬことは無い。感情だけだから。

咽ぶごと雑木萌えをり多喜二忌以後

虚子　叙景、叙事の句であつて、其うちに自然の思想の盛られているのはいゝでせう。何事もないやうに云つてあつて、そこに自然に思想が暗示されているといふやうなのはいゝ。思想の露出してゐる句はいやだ。むしろ反感が起る。

虚子　感情は持つてをつても、それを表面に出さないで云つたものがよい。

⑤金子兜太《かねこ・とうた》　研究座談会（52、46）

略伝――大正八年〜平成三十年。東京帝国大学経済学部を卒業し、日本銀行に勤務。俳句は昭和十六年から加藤楸邨に師事。戦後「風」に参加し、社会性アンケートでは「社会性は作者の態度の問題」と主張。三十六年「造型俳句六章」を発表し、いわゆる前衛俳句の代表と目された。三十七年「海程」を創刊。句集に『少年』『暗緑地誌』『東国抄』などがある。

鑑賞――研究座談会で虚子は、無季俳句も十七音詩としてそれなりに評価している。ちなみに座談会記事（昭和三十二年八月）の前に現代俳句協会賞を受賞（三十一年七月）。

夜の果汁喉で吸う日本列島若し

虚子　俳句では無いと思ふ。

ガスタンクが夜の目標メーデー来る

虚子　私がロンドンで見たのは、プラカードも持つてゐなかつたやうに思ふね。そして巡査と並んで、笑つて話ながら歩いてゐた。

朝はじまる海に突こむ鷗の死

虚子　『朝はじまる』ですが、これは無季ですね。

虚子　単に季といふ問題でなく、『俳句に於ての季』といふ問題をどういふ風に考へるかといふことを、かういふ人に聞いて見たいと思ふ。

虚子　［俳句を現代詩ということを前提にしている（けん二）］重大なものとは思はず、唯、季がないと聯想がないから、便宜の為に使ふといふことですね。

縄とびの純潔の額を組織すべし
艦隠す青黒い森へ洋傘干す
鏡の前に硝子器煮える密輪の街

虚子　思想を現はすといふのも面白い。それはそれでいゝ。

虚子　［十七音詩として認められるか（けん二）］認められます。但し十七音詩としてですよ。俳句では無いですよ。

艦隠す青黒い森へ洋傘干す

といふのは一寸分りにくいが、別に悪いとは思わん。

車窓より辛夷現はれ干魃田

虚子　分らない。

舌は帆柱のけぞる吾子と夕陽をゆく

虚子　『のけぞる吾子と夕陽をゆく』はいゝ感じ。『舌は帆柱』が分らぬ。

⑥佐藤鬼房《さとう・おにふさ》　研究座談会（52、47）

略伝——大正八年～平成十四年。塩竈町立商業補習学校卒。昭和十年から「句と評論」に投句。「青天」などを経て「天狼」同人。昭和六十年「小熊座」を創刊主宰。句集に『名も無き日夜』『夜の崖』『瀬頭』などがある。

鑑賞——研究座談会で虚子は、無季俳句には批判的だが、誠実さを評価する。ちなみに座談会（昭和三十二年八月）の前に現代俳句協会賞を受賞（二十九年三月）。

寒夜の川逆流れ満ち夫婦の刻

虚子　『夫婦の刻』といふのは、どういふことですか。〔肉体的な意味か（敏郎）〕

虚子　われ等とは違ふけれども、一寸、面白いね。何等かの意味があるね。

友ら護岸の岩組む午前スターリン死す

虚子　〔本当に午前だったのか（立子）〕さうぢやないのか。よく知らんが。

虚子　季がない。

虚子　〔誠実な感じがする（けん二）〕さうですね。気取つて作つたといふことは感じられませんね。人柄が出てゐますね。かういふ句が存在してゐるといふのも、結構なことだらう。

齢来て娶るや寒き夜の崖

虚子　〔「冬」とか「寒い」とかいう季題の使い方が多い（けん二）〕あつてもいゝでせうね。たゞ使ひ方でせうね。例へば慶弔俳句には季題を使ふ場合に、本当に季題の趣が分つてゐて、それが慶弔の意味とぴつたり合つた場合、いゝ句が出来る。季題が唯添物になつてゐるのは詰まらぬ。それと同しことでせうね。

虚子　〔季題を思想を表すために用いる手法ということは新しくないということか（けん二）〕さうです。

虚子　〔完成度からいうと（けん二）〕私には唯幼稚に見える。

虚子 ［季の働きが完成されていない（立子）］慶弔俳句は季題がうまく諷詠されてゐて、其上慶弔の意味が出てゐなければ駄目だ。大概、慶弔の意味だけが出てゐて季題は添物に過ぎないのが多い。

虚子 ［句で一番大事なことは、うまいまずいということ（立子）］俳句では季題が一番大切だ。

⑦北　光星《きた・こうせい》　研究座談会（51）

略伝――大正十二年〜平成十三年。昭和二十三年竹田凍光、二十四年細谷源二に師事。大工俳句によって知られた。三十一年「礫」を創刊（後、「扉」「道」と改称）。句集に『一月の川』『天道』などがある。

鑑賞――研究座談会で虚子は、我等の俳句とは違うがこういう句もあってもいいと評する。

税吏去り鉋叩けば刃がとび出る

虚子 ［滑稽さも出てゐる（けん二）］税吏に対する一寸した反感だらう。

虚子 ［季がない（桃邑）］さうだつたな。

錐もめば鐺に寒燈のぼりくる

虚子［やはり表現が不完全か。（けん二）］兎に角、我々の作る句とは違ひますね。何ものかゞある様にうたつてゐる。比較的調子は隠《ママ》やかだが、何ものかゞある如く敍さねば不満足らしいところは、我等と違ふ。さういふ句もあつてもいゝ。唯我等と違ふ。種々雑多な句のあるのはいゝ、唯我等の志す処とは違ふ。

虚子「［他派の作家は表面に何かを出さうとしている（けん二）］我等の句は何を言つてゐるんだ。何んにも無いではないか、と其等の人は云ふでせう。行く道が違ふ。仕方がないですね。併し是等の句も私の考へる十七字、季題にははまつてゐるのですから……。斯う云ふ句もあつてもいゝと思ふ。

父の愛うすく蹊《（ママ）》蚚の脚もぎとる

虚子［一寸言い過ぎている（立子）］さう云はなくては不満足なんだらう。

虚子［父の愛うすく育っていた子が、という意味（立子）］さういふ意味なんだらう。

虚子［蹊蚚は余り重大ではない（けん二）］事実に重きを置くと云ふ我等とは出発点が違つてゐる。

枯るゝなか杭うち込んで野を緊める

冷やかな斧研ぎいしが戦さ怖る
鉋屑炎やせば泌む寒日輪
ほうほうと火種吹く妻かゞやき出す
中村還一氏の援助により前途に光明を得る
わらんべ翔び出す大石狩の雪晴に
冬の泉珠噴くごとし次子みごもる
森伐られさらに遠くの森の青さ

虚子 「さっぱりしている（立子）」さうだね。

虚子 「滑稽さがある（けん二）」さうですね。

第7章　新抒情派（新伝統派）

①大野林火《おおの・りんか》　研究座談会（61）

略伝――明治三十七年～昭和五十七年。東京帝国大学経済学部卒。臼田亞浪に師事し「石楠」に入会。昭和二十一年「濱」を創刊主宰、松崎鉄之介、野澤節子、目迫秩父、大串章などを育てた。また角川書店の「俳句」編集長を務め（二十八年十一月～三十一年十一月）、社会性俳句を企画するなど同誌の隆盛を導いた。句集に『海門』『早桃　自選句集』『冬雁』などがある。

鑑賞――研究座談会で虚子は、是々非々の批評であるが表現に共感を持つことが多い。

つなぎやれば馬も冬木のしづけさに

虚子　『つなぎやれば』といふのは、どういふ心持を言つたものですか。

虚子　［そこに主観がある（けん二）］『やれば』は作者の意を用ゐたところでせうが、我等はあまり関心はないですね。

夜も出づる蟻よ疲れは妻も負ふ

虚子　率直に気持を云へば、もつとすつきりしたものになると思ひます。もつと我々が共鳴出来る句になると思ふんですがね。これではどうも心持は分つてをつても、この句に賛成することは出来ません。

母の咳道にても聞え悲します

虚子　［何とも云へないあはれが、よく感じられる（遊子）］さうです。

蠅生る雨幾重にも人閉ざし

虚子　この句は悪いとは思はん。

いわし雲突堤を村両翼に

虚子　『両翼に』はどういふ事ですか［いわし雲のところへ突堤がのびている（けん二）］。

虚子　言葉が足りないのかな。

白露や栗鼠来る森の話も出で
扉《ドア》あきて飛雪の藪のちらと見ゆ
虚子　これは面白い景色ではありませんか。『飛雪』は新らしい言葉だとして、ドアがあいて見えたのは面白い感じだ。『白露や』はどういふ感じかな。［芝生一ぱいに露がおいてある状態か（けん二）］
炭を割る音夕凍みのむらさきに
虚子　『夕凍みのむらさきに』はどういふのですか［空気もまわりも紫色になる事だと思う（けん二）］。
虚子　紫に凍みたといふのですか［凍みた紫色の暮色の大気（けん二）］。
虚子　『夕凍みのむらさきに』が……。
虚子　一寸をかしいと思ひます。
雪囲ひ洩る燈ちらちら故郷恋ふか
虚子　これは別に異論はない。『故郷恋ふか』と云つたところに、却つて情がある。

雪の水車ごつとんことりもう止むか

虚子　「楽生園＊へ行った時の句で寂寞とした淋しくて堪えられない気持だろう（敏郎）」それは癩患者のゐるところではさういふ感じはあるかも知れませんが、あくまでこの句は、雪の水車を描いたものとしてもいゝでせう。餘情としてさう解釈してもいゝでせう。雪の水車を描いたものとして面白い。

＊楽泉園の誤りか。

虚子　こんな句があるのはいゝ。

虚子　「我々の俳句と余り違ったと思われない、外の現代俳句の人のようではないように思います（けん二）」さうです。

虚子　「林火とあったことはあるか（敏郎）」えゝ、たび〳〵逢つてをります。いゝ人です、誰でも逢へばいゝ人なんですが……。唯『浜』などには肌の違つた句が並んでゐるのを見ます。

② 飯田龍太《いいだ・りゅうた》　研究座談会（37）

略伝――大正九年～平成十九年。国学院大学国文学科入学。飯田蛇笏の四男。大学時代から俳句を始め、戦後は「雲母」の編集に携わる。昭和三十七年父の死により「雲母」を承継。「結社の時代」で盛り上がっていた平成四年に「雲母」を終刊させ衝撃を与えた。句集に『百戸の谿』『忘音』『春の道』などがある。

鑑賞――研究座談会で虚子は、我らに近く同根から出たと絶賛する。

春すでに高嶺未婚のつばくらめ

虚子 『未婚』が問題だね。景色もいゝし、調子もいゝが、『未婚』といふ言葉が頭によく響かぬために、面白さが減殺する。

虚子 兎に角、『未婚』は不賛成。其処が得意の処だらうけれど。『飛び交ふ』だけでは平凡だし。

虚子 兎に角、親爺さんゆづりの力は持つてゐるね。

麦蒔くや嶺の秋雪を審とし

虚子 『麦蒔』は冬だらう。

虚子 [秋雪といふ句は外にあるか（立子）] 今迄聞かないやうだな。

虚子 [初めての雪。雪が来たから麦を蒔く。ひねって来ている（敏郎）] その感じはわかるがいゝか、悪いか。

秋嶽ののびきはまりてとゞまれり

虚子　『のびきはまりて』は、我等でもよく言ふことです。『秋嶽』は疑問。

虚子　［解釈を要せずわかる（立子）］い丶句の方だね。

虚子　一つの山が伸びて行つた……天に高く伸び極つたといふ処だらう。

虚子　『とどまれり』はうまいね。

虚子　［かういう句はあまり有名にならない（敏郎）］さうでせうね。もの足りないでせう。我等は『のびきはまりて』の景色が、よく描かれてゐると思つて誉めるのですが、一部の人は、これで満足しないでせう。

虚子　［のびきわまるとは線か（けん二）］さうです。

炎天の巌の裸子やはらかし

虚子　感じはありますね。併し特に『やはらかし』と断らなくてもよからうと思ふ。

秋冷のふるさとを瞰る子のために

虚子　『ふるさとを瞰る』で切つて、『子のために』といふのか。さうすれば、この古里に我は住むことを余儀なくされた。我子も亦たさういふ運命に置かれるか、さう思つて此の山間の（秋冷）の古里を下瞰するといふのではないか。

虚子　［はっきりした解釈はされていない（けん二）］わかりにくいですね。

遠方の雲に暑を置き青さんま

虚子　［全体的に表現が硬いと言うことはないか（けん二）］難しいな。

虚子　［景色が出ているんじゃないか（立子）］『遠方の雲に暑を置き』で、さうとれるかな。まあ、いいことにしておくかな。

螢火や箸さらさらと女の刻

虚子　山国の風景だらう。山家が想像されるね。

虚子　［表現としてこのくらいの省略はいいか（遊子）］かまはんだらう。

冷ややかに夜は地を送り鰯雲

虚子　これもわかるぢやないか。

虚子　［夜は地を送りがはっきりしない（けん二）］それは地球が回転して夜になつたといふのだらう。

虚子　［このくらいはいいか（けん二）］別に何とも思はん。むしろうまいと思ひますね。

◎総評として

虚子　我らに近い。同根から出た感じがする。少し表現法が違つてゐるが。

③大島民郎《おおしま・たみろう》　研究座談会（48）

略伝――大正十年～平成十九年。慶應義塾大学法学部卒。昭和十八年水原秋櫻子に師事。慶應義塾大学在学中に慶大俳句会結成。「馬酔木」同人、のち「橡」同人。堀口星眠らと高原俳句に新生面を拓く。句集に『薔薇挿して』『灯の柱』などがある。

鑑賞――研究座談会で虚子からは好感を持たれている。

　夜々おそくもどりて今宵雛あらぬ

虚子　好感が持てますね。只『雛あらぬ』がどうか。『雛なし』でもいゝでせう。我等仲間の句の中にあつても、異様には感じません。いゝ句だと思ひます。

　高嶺の湯霧にゆふすげそよぎをり

虚子　『ゆふすげ』はいゝでせう。『高嶺の湯』はどうかと思ふ。

虚子　『高嶺の湯』は秋桜子君が好くかもしれぬ。

虚子　大体悪い感じはしない。

虚子　［一寸した語法の違いがあるだけだ（けん二）］さうですね。

噴煙のたふれ雪渓よごれたり

虚子　この句はいゝと思ひます。『たふれ』がきいてゐる。棒が倒れたやうに言つたところがいゝ。多少技巧的だけれど効果がある。

虚子　［新しさというものは汲み取れますか（けん二）］さうですね。

青山の崖の十薬いまもおなじ
夜明けつゝためらふ空や雪降りくる
紫雲英咲き諸子魚の入江こゝに伸ぶ
灯まづしき農家がかざす八重桜
毒の花ぶし咲きアイヌ老いゆくも
ひらきたる牧まだ霧のあそぶのみ
軽鴨翔けて果樹園に湖迫りをり

虚子　言葉づかひに一寸気になるところがあるけれど……もう少し卒直に言つたらといふ感じがあるが、大体はいゝと思ひます。

灯まづしき農家がかざす八重桜

虚子　［こういう云い方はあまりよくないか。（敏郎）］さうです。

紫雲英咲き諸子魚の入江こゝに伸ぶ

虚子　［ここに伸ぶが問題（けん二）］あなた方はどう思ひます。

虚子　［叙法が言い尽くしているという感じ（敏郎）］それ程までに云はなくてもいゝぢやないかといふ感じがします。

虚子　［単純化した表現ではその裏の深さが分らない（けん二）］さうです。世間の人はそれでは満足しないことが多い。併し私等は敢へて単純に素樸に敍する。至醇はそこにあると思ふ。

④小林康治《こばやし・こうじ》　研究座談会（51）

略伝――大正元年～平成四年。青山学院中等部卒。昭和十五年石田波郷に師事。応召し満州から帰還。『四季貧窮』で注目。四十九年『泉』創刊主宰、五十五年『林』創刊主宰。句集は他に『潺湲集』『虚實』などがある。

鑑賞――研究座談会で虚子からは激賞されており、深見けん二に「困った」と言わしめている。

蹇に縋り寝の子よ雪明り

虚子　この句は誇張を感じない。

冬日向跛あゆめり羽搏つごと

虚子　これもよく分るね。『羽搏つごと』は面白い。此等はいゝ句だと云つてよい。

雪静か天誼《ママ》のごと子等の声

虚子　「面白い（立子）」さうだね。

虚子　悴むや流人に似たる帯垂らし
も悪くない。

松蟬や夫婦かたみに謀りあふ

虚子　『謀りあふ』は暮しに困つて相談する位のことではないのか。

虚子　「「かたみに」は（けん二）」互ひにです。

虚子　『互ひに』だ。

虚子　「生活の相談だとすっと受取れなかった（けん二）」すぐさうとりました。

炎天やのめりて登る廃伽藍

虚子　［長崎は坂が多い（立子）］私も行つた事がないのです。

虚子　［浦上のほかに大浦の天主堂がある（けんじ）］其処へは行きました。

水仙やたまらず老いし膝がしら

虚子　分らんですね。

虚子　［秋櫻子はいい句だという（けんじ）］分らんですね。

墓の裏母をさそふや霜くづる

虚子　言葉が不完全のやうに思ひますね。

虚子　［父の墓の裏に母と一緒に回った（けんじ）］さうか。それなら分らん事もない。併し我等はさういふ句は好みません。

虚子　［「霜くづる」はおかしくはないか（敏郎）］霜柱がくづれると云ふのですか。

⑤細見綾子《ほそみ・あやこ》　研究座談会（38）

略伝――明治四十年～平成九年。日本女子大学校国文科卒。昭和四年松瀬青々「倦鳥」で俳句を始め、『桃は八重』を上梓注目。戦後「風」に参加し、沢木欣一と再婚。社会性俳句とはやや離れた身辺作品を詠んだ。句集は他に『雉子』『伎芸天』などがある。

鑑賞――研究座談会で虚子は我等仲間の句と賞賛している。すでに、昭和二十七年に茅舎賞（後に現代俳句協会賞と改称）を受賞していた。

冬来れば母の手織の紺深し

虚子　紺といふ処が作者の志したところだらう。
虚子　『紺深し』がどうかと思ふ。浅薄だと思ふ。
虚子　［深いというのは濃いということか（敏郎）］さうでせうね。

外套の泥はね一つ灯に戻る

虚子　［夫の外套を脱がすと裾に泥はね一つついていたと健吉は解釈している（遊子）］そつちの

方でせう。

虚子　「「灯に戻る」というか（立子）」それは云ふだらう。

朝雉子や吾は芥をすてゝゐし

虚子　これは我等仲間の句といつていゝ。

虚子　感じがいゝ。桂信子より、細見綾子の方が我等の感じに近いね。

麦刈にくたびれてゐて月が出し
ほの暗く雪のつめたさ帯にある

虚子　『ほの暗く』は気取つてゐるけれど『麦刈』はいゝ方、すぐ分る。

みごもりや春土は吾に乾きゆく

虚子　一寸分らない。

硝子戸の中の幸福足袋の裏

虚子　「「足袋の裏」は象徴的な感じ（敏郎）、何かあるのか（けんじ）」何かあるんだらうね。

虚子　『足袋の裏』は、何かあるんだらうけれど、成功してゐない。深いものがあるやうに見せるといふのは卑怯だ。
虚子 ［十分に表現されてないから、却って鑑賞で自由に引き出してこれる（敏郎）］それは卑怯だ。十分に分らなければ、句とは云へない。

合歓の花がつゞる旅路や子のまつ毛

虚子 ［『足袋の裏』と『子のまつ毛』と置き方が似ている（遊子）］この句と『硝子戸』の句と、同じだとおつしやつたが、女といふものは足袋の裏のやうなものだといふのですか。（笑）
虚子 ［ここにも幸福があるというのでしょう（けん二）］畢竟、女とは足袋の裏にも幸福があるといふのですか。
虚子 朝雉子や吾は芥をすてゝゐしの句の方がいゝな。

砂山の砂ふところに墓しぐれ
海夕焼かならずここに墓映ゆる

虚子 ［最近はかういふ句も発表して両刀をやっている（けん二）］両刀遣ひもいゝだらう。実力があれば――。

⑥野澤節子《のざわ・せつこ》　研究座談会（38）

略伝――大正九年～平成七年。フェリス女学校を病気のため中退。昭和十七年「石楠」に入会、二十一年大野林火の「濱」に投句。四十六年「蘭」を創刊主宰。句集に『未明音』『雪しろ』『鳳蝶』などがある。

鑑賞――研究座談会で虚子は、比較的好意的である。ちなみに座談会（昭和三十一年六月）の前に現代俳句協会賞を受賞（三十年八月）。

寒の百合硝子を声の出でゆかぬ

虚子　これはどういふのですか。

虚子　［硝子戸の中の生活をしてゐて、百合が活けてあるといふこと（敏郎）］『声の出でゆかぬ』といふのは、声を出しても外には通らない、といふのですか。［サンルームで療養生活をしている感じ（敏郎）］

虚子　『寒の百合』といふのは？　［室咲きでしょう（けん二）］

青梅が籠に身をつめ夜の豪雨

虚子　『身をつめ』が我等と違ふ。

虚子　「これでは古いですか」えゝ、あたりまへ過ぎますね。『身をつめ』は効果かもしれんが、我等の中では斯うは云ひませんね。

虚子　漱石に云はせれば、文学は擬人法にあると云ふが、うまく出来た擬人法ならいゝが、多くは嫌味になりますね。

累々と徳孤ならずの蜜柑かな　［漱石］

これなんか、擬人法で、嫌味はない。

風邪ごゑを常臥《とこふ》すよりも憐れまる

虚子　これはいゝ。

虚子　誇張もなく、かういふ句はいゝと思ひますね。

蟬の昼多幸ならむか便り絶ゆ

虚子　『多幸ならむか』がいかん。

虚子　風邪ごゑを常臥すよりも憐れまる

はいゝ方。

西瓜赤き三角童女の胸隠る

虚子 ［完成されていないように思う（けん二）］さうですね。まあ小さい女の子があつて、西瓜のために隠れてゐると云つたのはいゝですね

虚子 ［そこは面白い（けん二）］面白いです。でも大いした句ではないですね。

虚子 ［デフォルメされた近代画だ（敏郎）］さういふこともあるのでせうか。俳句では決してそんな事は大事なことではないですね。

炎天下僧形どこも灼けてゐず

虚子 作者の云ひ表はさうとした心持は分つてゐますが、まあ理想画だな。

虚子 兎に角、何か云はんとしてゐるのは分る。野心的といふか。かういふ句をいゝ句とは思はん。

虚子 ［でも、何か目も頭も研ぎすました感じ、縦横無尽に何かを云ひ表はさうとする（立子）］力はあるね。

⑦目迫秩父　めさく・ちちぶ　研究座談会（51）

略伝――大正五年～昭和三十八年。神奈川県立商工実習学校卒。職場句会で大野林火の指導を受け、昭和二十一年「濱」創刊に参加。二十四年に結核を発症し、三十八年喀血により窒息死。「狂へるは世かはたわれか雪無限」は一代の代表句。句集に『雪無限』がある。

鑑賞――研究座談会で虚子は、共感は持ちつつも、「雪無限」の句は批判。ちなみに座談会（昭和三十二年七月）の後に現代俳句協会賞を受賞（三十三年八月）。

狂へるは世かはたわれか雪無限

虚子　際限もなく雪が降るとは云はうが、『雪無限』といふ言葉はをかしい。

虚子　『世かはたわれか』もいゝ言葉とは思はん。

虚子　草田男が来た時に、季を大事にしなければいけないと云つたですが、草田男は其事を首肯してゐましたね。季にも、人間性にも半半に重きを置くといふ草田男の主張のやうだが、それは態度が曖昧だ。はつきりどちらかに極めてかゝらねばいかんと思ひます。次の、

俄かなる遠さ子が病み雪が降り

なんかは、我等季題尊重論の側から見て、まあいゝと思ひます。人間、社会を取扱ふのは結構な事なんだが、それよりも季が先行するのが俳句だ。俳句とはさういふものなのだ。草田男が嘆いてゐた。近頃はあまり俳句を作らないで、すぐ俳句を論じる人が多いと。それには草田男自身にも責任がある。自分の播いた種子が生えて見て、少し困つてゐる恰好ではないのか。

俄かなる遠さ子が病み雪が降り

虚子 これはいゝだらう。雪の感じがよく表はれてゐる。

虚子 犬の耳そばだちやがて笹鳴す は悪いとは思はない。

虚子 [しかしホトトギスによくある句（けん二）] さうかもしれん。

虚子 [このくらいならとれるか（けん二）] とれます。

葉より落つ夏満月の蝸牛

虚子 [「夏満月」はあまり熟した言葉でもない（立子）] さうだね。

虚子 [茅舎に似たような句（かたつむり背の渦巻の月に消ゆ）がある（立子）] 斯う云ふ人々も、我々と似寄つた感じを持つてはゐるんだね。

◎総評として

虚子　構成で出来た句はあんまり感じがない。

虚子　［ぱっと心に打って来ない（立子）］さうだ。

虚子　これらの人も、自分の好むところの句を作つてをればいゝのだ。我等も我等の好むところの句を作る。さうして百年の後を待たう。

補説　新しい伝統派

研究座談会で、人間探究派、新興俳句、社会性俳句から除外された作家たちをまとめて「新しい抒情」と名づけてみた。では、「新しい抒情」と名づけた作家たちは何であろうか。適切な名称がないとすれば、彼らは、戦後俳句史からもはや埋もれてしまっているのであろうか。いや、その顔ぶれはむしろ戦後俳句を代表する顔ぶれであった。そしてまたおおむね虚子の高い評価を受けている。私はここに、戦後の「伝統俳句」の源流を見ようと思う。

「伝統俳句」の呼称は極めて難しいものがある。伝統俳句は、常に何かと対比しながら呼称された名称であり、それだけで間違いなく中核となる概念ではなかったのである。だから常に伝統俳句の内容は流動的であった。しかし、現時点において、間違いなく伝統俳句が、その派の人にもそれに反発する人たちにも共通する理念として認められたのは、「前衛俳句」に対立する概念としての「伝統俳句」であった。〔注〕だから、伝統俳句とは、ホトトギス俳句だけでもなく、「われらの俳句」だけでもなく、反新興俳句でもなく、反新傾向俳句でもなかった。ただこのように考えると、前衛俳句同様、虚子没後誕生した「伝統俳句」についての虚子の見解を見ることは難しいように考えられる。

しかし、社会性俳句の項で紹介したように金子兜太の批評からは前衛俳句の萌芽に対する虚子の批判が伺えるはずである。だからこれを批評した虚子の戦後俳句史はあるといえる。そして、前衛俳句にその萌芽があったように伝統俳句にもその萌芽が合ったはずである。

このように見るとき、虚子の戦後俳句史に登場する「新しい抒情派」が、実は「伝統俳句」に相当することが想像されるであろう。実際、伝統俳句とは「有季定型を守る俳句」という定義では何ら俳句史的に意義を持たない。有季定型を守りながらいかなる理念を造り上げようとしていたかが問題なのである。「新しい抒情派」に登場した作家――更にこれに、社会性俳句から脱皮した能村登四郎、境涯派から脱皮した草間時彦、新しい時代の新感覚を導入した鷹羽狩行等を加えて俳句の潮流を作り上げていった。彼らの多くは（鷹羽を除けば）「新しい抒情派」から「心象俳句」へ変わって行く。まさに、佶屈晦渋な前衛俳句に対する新しい俳句であった。そしてこれらは十分現代的であったのである。昭和四十年代半ばの伝統派の傾向はこうした傾向でかなり説明できるのである。

父母の亡き裏口開いて枯木山　　龍太
磧にて白桃むけば水過ぎゆく　　澄雄
さうめんの淡き昼餉や街の音　　時彦
火を焚くや枯野の沖を誰か過ぐ　　登四郎

〔注〕伝統の理論を整備したのは草間時彦（『伝統の終末』昭和四十八年）、能村登四郎（『伝統の流れの端に立って』昭和四十七年）、林翔（『新しきもの、伝統』昭和五十八年）らであった。その一人、草間時彦は、『現代俳句辞典第二版』（昭和六十三年）で伝統俳句を解説して、「伝統俳句という言葉が一般的に用いられるようになったのは、昭和三十年に前衛俳句が出現してからであって、前衛俳句と区別する意味で、あるいは前衛俳句に対抗するためにことさら伝統俳句という呼び方をしたと見るのも間違いではない。……伝統俳句という言葉は誰かが意識的に提唱したと言うよりも、前衛俳句論議が盛んになるに従って自然発生的に生まれた呼び方といえる。」と述べている。一部これに対する批判もあるようだが、ここに掲げた新しい伝統派の意識がどのように生まれたかを知るには貴重な資料である。

第8章　ホトトギスの典型派

研究座談会における虚子の評言を読んでみて、ホトトギス系作家の中でも、高野素十、星野立子、京極杞陽の三人への虚子の評価が極めて高いことが分かった。それは、この研究座談会を読めばわかるように、三人の言語原理が冒頭に掲げた虚子の言語基準に適合し、虚子の進めようとした言葉の展開によくかなっていたからである。

この章では、この三人に当時亡くなったばかりの松本たかしを加えて紹介する。

＊

さて三人への評の中でも、京極杞陽評においては、杞陽と素十と対比しながら特色を論じており、これだけ長文の批評は虚子のものとして珍しい。晩年の虚子を理解する上で不可欠の発言であると思われる。この長大な杞陽評は、実は丹念に読めば、素十・杞陽・立子の三人をホトトギスの三大典型として論じているのである。素十の客観から、(客観を主軸に置きながらも主観を大幅に取り入れた）杞陽・立子ふたりへの展開を論じている。もはやホトトギス等と言う曖昧な範囲の中の優劣ではない、虚子から見たホトトギスの進むべき道としての三大典型であり、それは表現論としての「熟した表現」・「われらの俳句」の究極を示しているのである。これは研究座談会で登場した膨大な（ホトトギス派・非ホトトギス派の）作家たちの評価を最終的に煮詰めた結果として出てくる結論なのである。

①高野素十《たかの・すじゅう》　研究座談会（31）

略伝――明治二十六年〜昭和五十一年。東京帝国大学医学部に入学、新潟医科大学教授となる。大正十二年ホトトギスに投句、秋桜子、誓子、青畝とともに4Sと称された。客観写生を最も忠実に実践したと言われるが、秋桜子からは「ものの芽俳句」（「草の芽俳句」とも）と批判された。昭和三十二年「芹」を創刊主宰。句集に『初鴉』『雪片』『野花集』など。以下、特に鑑賞は付さない。

虚子　私は素十君の句や其他の諸君の句を批評し来つて、もう三十年になるかな。……三十年来、たび〳〵批評し紹介してきた。それで今更、更めて素十君の句を批評しようといふ気にもならん。

だから、あなた方の方で解釈して、わからぬ点をきいて貰ひ、それを説明するといふやうにしませう。先日は、波郷、楸邨君等の句にはじめて接したので、分らぬ句は分らぬ、好まぬ句は好まぬと言つたのだが、素十君の句ならば大概分つてをる積りだ。

瑞泉寺なりしと思ひ更衣

虚子　『瑞泉寺』の句は、今日は瑞泉寺へ行くのであつたかなと思つて、更衣をして出かけるといふのか。

虚子　［分からないところがあるか（けん二）］一寸不明瞭だな。

虚子　敢て説明すれば、今日は瑞泉寺へ行く日だつたと思つて更衣をするといふことか。さうとすれば、省略が多い句だね。

虚子　［ホトトギスに載っていた（けん二）］私の選ですか。二十七年は年尾ではないかな。

虚子　［年尾先生の選だ。前の「何寺と聞きしが忘れ瑞泉寺」と対の二句で載っている（けん二）］連想があつたから採つたんだらう。両方の句を見れば、大体、想像がつきます。終ひの句だけでは、一寸わからん。

虚子　［この程度に省略するとちょっと無理か（けん二）］さうですね。此頃は、素十君の句は見て居ないから……この三、四年か四、五年は見ないので……さういふ傾向があるのかも知れません。

虚子　［おはんの両親の供養塔が瑞泉寺にあった（敏郎）］さうでせう。あれは瑞泉寺にあります。衣を更へた。といふ位で、何か事柄を控へてゐて作つたといふやうなことであらうが、一寸不明瞭だ。

虚子　［出かけると解釈するのが自然か。更衣をして家に居るといふのもある（けん二）］自分が行かないでも、何か会でもあるといふ風に解するのが自然でせう。

　ベルツの像スクリッパの像初桜

虚子　線が太い。直線で描いたやうですね。ベルツの像、スクリッパの像と言へば、大学のやうな処を想像します。

虚子　［学会があり、学会に出席した俳人と句会をしたのだ（立子）］大倉喜八郎の別荘だったと思ふ。

虚子　同人会の医者の集まりだつた。

　大宿坊大蔵王堂冬の山
　大噴火口岩つばめ雨つばめ
　早苗束濃緑植田浅緑
　女満別《めまんべつ》西満別秋の風

虚子　名詞の句は多いですね。

虚子　［語感から来るリズムの力で感情を伝えている（けん二）］大きな役目をしてゐますね。

春の月ありしところに梅雨の月

清盛も三成も来よ盆供養

虚子　［対句にすることが多い。これもリズムをねらっている（敏郎）］リズムも無論あるでせう。やはり、前の句と同じやうに、太い線で描き出したものでせう。

虚子　［細かく、新鮮にどすっと、だんだん省略が強くなって来ている（立子）］素十君は、さういふ男ではないか。細かいことは言はない。

虚子　とに角大きなものにぶつかりたがる。

蚊帳つりて嵯峨日記にはあらねども

虚子　何時頃の作ですか。［二十四年十月に発表（けん二）］

虚子　吉右衛門の芝居に『嵯峨日記』といふ脚本を書いたのは、何時頃だつたかな。［戦争中だ（けん二）］

虚子　あの時、蚊帳の中に入るところを書いたことを覚えてゐる。蚊帳に入つて泣くところのあつたのを覚えてゐる。

虚子　蚊帳をつつて中に入つた時の心持だらう。或る感じが心の中を過ぎつたんだらう。

冬山に吉野拾遺をのこしたる

虚子　［主になっているのは「吉野拾遺」か（立子）］やつぱり『吉野拾遺』だらうね。冬山に人間が吉野拾遺を残したといふんでせうね。

虚子　冬山に哀史を残したといふことを、吉野拾遺を残したといつたのだ。出来上りがいいね。

虚子　すぽつと言つて居る。

虚子　ほんとの作家である。近頃のごた〳〵した句とは比較にならぬ。

虚子　吉野へ行つたら、かうしたことは、誰でも感じる事であらう。後醍醐天皇の遺跡を見ての感懐は誰も同じことであらう。けれども其の感懐をかういふやうに叙したのはうまいと思ふ。

虚子　うまいんだね。さつき言つたやうに、上りがいいんだね。近頃の新しい人は、そこを考へないから。いろ〳〵と積み重ねて言はないといけないと考へるから……

虚子　茅舎でもやつぱり、句の上りはいい。やつぱり詩人であつた。

虚子　此頃はさういふことを問題にする人はゐないやうだ。

春の月ありしところに梅雨の月　（再掲）

虚子　［先生が小諸にいたときの句で、春の月の頃来て梅雨の頃に来たと言うことか（敏郎）］さうです。

虚子　［旅人という感じがする（敏郎）］普段をる所で無いことは此句で明かだ。たま〳〵行つた処でなければならぬ。普段をる所ならば斯んなに格段にいふ必要はない。たま〳〵、春の時に見た、そして、梅雨の時に見た、といふので此句が出来たわけだ。あなたの言ふやうに、旅人といつてもいいでせうね。春来た時に小諸の私の家の隣の藁屋根の上に月が出てゐた。それから、梅雨の頃来た時にも、又月が出てゐた、それが、素十君の心を打つたんだ。

虚子　［山本健吉はこの句と「甘草」の句をスケッチ俳句だと言っていた。奥にある情が分からない鑑賞だ（けんじ）］さういふ人は仕方がない。此句に盛られてゐる感情を解せない人なんだから。

虚子　やつぱり、省略が随分ある。併しながら此の省略は極めて必要な省略だ。

虚子　境目ですね。分らんと云へば分らない。分る人には分るといふ、そりや仕方ないですね。健吉には分らんでせう。立子はどうだ。［分かる（立子）］

虚子　さうだらう。客観的にならされたものには省略された主観は汲み取ることが出来る筈だ。これは客観描写が巧みだから分るのだ。あなた方は。［分かる（敏郎・けんじ）］

虚子　さりげなく言つた所がいゝ。さりげなく言ふといふことは我等の信条だ。写生文でもさうである。さりげなく叙してあるところがいゝのだ。それを解せない人は仕方が無い。

虚子　［俳句のように短ければやむを得ない（けんじ）］やむを得ないよりも、さういふ所が俳句のいゝ所ですね。
甘草の芽のとび〳〵の一ならび
も、うまいですね。あたりが無限に拡がつてゐるやうに思ふ。それが分らなければ、それは仕方がない。

＊

虚子 秋桜子であつたか、此句の悪口を言つたのは。
虚子 秋桜子がこの句からものの芽俳句といふことを言つて素十をけなしはじめたのは……。
［素十と共に百花園の句会へ秋桜子を誘うと「諸君とものの芽の俳句を作りますか」と渋々一緒に行った（立子）］
虚子 素十が新潟へ行つた後か。［新潟へ行く前。数日後ホトトギスへの投句をやめると言ってきた（立子）］
虚子 武蔵野探勝か何かで古利根へ行つた時が、秋桜子とはお終ひだつた。川のそばで独り句を作つてゐると、向ふから秋桜子が一人遣つて来た。どうしたんだらうと思つてゐたらろくに句も作らずに帰つてしまつたんだ。それは訣別の積りで来たんだと言ふことがあとになつて分つた。秋桜子には重きを置いてゐたのだが、『去るものは追はず』といふかねての主義で其のまゝにして置いた。
虚子 ［その所は『高浜虚子』に出ていた（けん二）］さうですか。その時迄は、何にも知らなかつた。

虚子　［四百号頃は秋桜子が活躍していた（立子）］諸君も若かった。

清盛も三成も来よ盆供養　（再掲）

虚子　高野山には清盛、三成の石塔があります。それでさういふ句が出来たんだらうと思ふ。お盆に魂が帰つてくると言ふので、清盛も三成も帰つて来よといふんだらう。

虚子　大した句とは思ひませんね。まのあたり見ると、さういふ感じもするだらうけれど。

炉に涙落した女僧を恋ひ

憎死してのこりたるもの一炉かな

虚子　小説的と言へば言へないこともないけれど、実際にあつたんだらう。

虚子　［句一歩のことだろう（立子）］さうだらう。小説的と言つてもいいが。『一炉かな』は何も残らないと言ふのが実際の感じだらう。女も山崎といふ人があるが、さういふ人に心を寄せるといふ、さういふ感じは、昔から、素十君は持つてゐやしませんか。

生涯に廻り燈籠の句一つ

といつた句もあるだらう。

虚子　［数を言ったのが多い（立子）］はっきりしてゐるからだらう。

虚子　［「大」・「大きい」も好きだった（けん二・立子）］素十君は、泊月君の依頼で、『桐の葉』の選者になつたのだ。そのとき『大を継いだ』と言ふ俳句を作つたんだ。甚だ機嫌が悪くて、そんな事は無いと言つて来た。泊月にも『大』の字のつく句が多いんだ。それを言つたつもりだつたんだ。何か神経に障つたんだらう。

虚子　［戦後も「代馬の泥の鞭あと一二本」がある（けん二）］その句もうまさを感じますね。

虚子　よく描かれてゐるものは、そのあとに、種々の感情を伴ふものです。うまく描かれてゐる背後には必ず感情がある。

　空をゆく一とかたまりの花吹雪

虚子　［古くからあるといえばある句（けん二）］さあ、『一とかたまりの』がうまいといえばうまい。しかし、それだけの句でせう。

②京極杞陽《きょうごく・きよう》　研究座談会（32）

略伝――明治四十一年～昭和五十六年。子爵で豊岡藩主の京極家の当主。学習院中等科を経て、東京帝国大学倫理科を卒業、宮内省に勤める。ヨーロッパ遊学中の昭和十一年に渡欧した虚子と知り、「ホトトギス」「誹諧」に加わり、独自の句風を示す。退職後「木兎」を主宰。句集に『くくたち（上・下）』『但馬住』『花の日に』など。

虚子［今までまとめて杞陽の句についていったことがあるか（けん二）］別にないでせう。

虚子［現在、杞陽の句を毎月見ているか（敏郎）］ええ、みてゐます。一部分かもしれませんが。

西行忌なりけり昼の酒すこし

虚子［たまたま昼酒を飲んで、ふと西行忌だったと思い出したというくらいでいいか（敏郎）］いいでせうね。

虚子 あなたの言はれた通りでせうね。こゝで一寸言つて置き度いことは、素十君の句を見て杞陽君の句に転ずる時は大分傾向の違つてゐることが感ぜられるでせう。素十君の句は純客観句の如く見え、杞陽君の句は稍々主観的傾向の句のやうに感ぜられることとです。

それは両君の思想の傾向によることは無論ですが、之を言葉に現はす、其現はし方にもよるのだらうと思ひます。素十君のは現実を確と見、確と現はす方向だし、杞陽君のは或現実より或感じを抱き、それを描くといふ方向のやうに思ひます。無論この二つの傾向は誰にもあることで、それに一方に片づけてしまうことは出来ません。素十君だとこゝろで現実を見て或感じを起し、それによつて句を生むに相違無いのでありまして、感じが無ければ詩は無いわけでせう。唯それを俳句と為す場合客観性の多い描写をするのと、主観性の強い叙写をするとの相違でせう。私自身を例に取るのはをかしいですが、私は兎角感じに捕はれ過ぎる傾向がありました。今でもあります。それをつとめて、ものを客観視するやうに力める。自分をも客観視するやうに力める。客観描写といふことを人にもすゝめ、又自分も常に心掛ける。こゝに於いてか客観写生といふことを常に言ふ。但し其結果は尚ほ主観描写になることもある。それでも構はない。客観写生といふことを目標に置いてそれで主観描写になるのは止むを得ない。

主観描写の弊は過去の俳句の歴史によつて数々見せられて居る。ここに於いてか敢て客観描写といふことを唱へ来つてゐるのである。主観描写の弊害の経験を持たぬ人には客観描写偏重を非難するのは一応尤ものやうであるが、よく思ひを致せばすぐ分る。杞陽君にしても客観描写といふことを心掛けて居つての上の主観色の濃ゆいものがあるのである。後に批評することになつてゐると聞く立子の句にしても同様である。矢張り客観写生を志して居つて主観描写に傾くのである。これは性癖で如何ともし難い。又それでよいのである。どこ迄も客観写生をゆるがせにしない心さへあれば結構である。

余談ではあるが、客観写生といふことを人事に試み来つたものに写生文がある。俳句は季題といふものがあり、又短詩形であるから、勢ひ自然描写に傾く。人事は俳句には適さない。人事は時間的で描写が長びくものであるから、短文字の俳句を以てしては困難なことが多い。空間的な天然の描写こそ其壇場である。だから自然描写は俳句に譲り、又た人事を叙することは文章に譲り、俳句で試み来つた写生を文章に試み、之を写生文と名づけて五十年を経て来た。今度最近十年間のものをあつめて「現代写生文集」一巻を為した。此写生文集にも杞陽君のものを収めてゐるが、矢張り主観の濃ゆいものがある。これ亦た客観写生を志すもとに出来た杞陽君の主観的傾向の写生文である。

俳句の客観写生論を悪意に解釈する人もあるが、さういふ人は主観描写の陥り易い弊を知らない為めもあらう。俳句は飽く迄も客観写生を志すべきである。

＊

話がもとに戻りますが、此の西行忌の句は、杞陽君の生活環境は知つてをる私等にとつてはよくその心持が分るのですが、あなた方には、平凡に思へますか。［想像できるし、知っているからそんなことはない（敏郎・けん二）］

虚子 全然知らない人は、どういふ風に感じるか。［西行の知識からも分かる気がする（けん二）、孤独を酒で紛らしている人を想像する（敏郎）］

虚子 『少し』は、どういふ風に解釈しますか。孤独な感じが出てゐる、と解しますか［そうではないかと思う（敏郎）］。

虚子 杞陽君の生活を知つてゐる人はわかるが、知らない人は、どういふ風に感じるか。我等仲間の句は多弁で無いから、世間の人には分りにくいところもあらう。

虚子 ［妻も子もあるが、生来の孤独が抜けず昼から酒を飲んでいると感じて宜しいか（敏郎）］

いいでせう。

蝿とんでくるや簞笥の角よけて

虚子　この句はよく覚えてゐる。

虚子　［蝿が簞笥の角をよけて、その角がはっきり作者の目に感じた、そう解釈していいか（けん二）］

ええ。

虚子　好きな句です。この句は……。何処が好きか、今、一寸考へてゐるんだが。（笑）

虚子　［蝿の習性が出ている（立子）］習性も出てゐるが、杞陽君の感じが出てゐるね。

虚子　杞陽君は坐つてをつて、蝿が、ふつと飛んで来て。角を曲つたといふことに興味を持つたといふことが、面白いと思ふ。さういふ点に興味を持つ人は少い。

虚子　なんといふか、感覚といふか、人の思ひもよらない処に気のつく処がある。

虚子　つまらないぢやないかと言へば、それまでだが。私は好きだ。

明易し姉のくらしも略わかり

虚子　姉さんといつても、貴族の関係の姉弟といふのは、我等の仲間の姉妹のやうに、互の暮しを知り抜いてゐるといふのでなく、言葉使ひも互に丁寧ですし、暮しもよくわかつてゐなかつた。それが或機会に分つたといふのであらう。どういふ場合であつたのか、よく知らないけれど――。

虚子　ほんとの気持が出てますよ。

虚子　［分かって安心したといふのか（敏郎）］安心したといふのでなく、唯わかつたといふのでせう。

虚子　『略わかり』に『明易し』の感じがありますね。無駄に置いた季題ぢやない。

虚子　人情がかつた句は、杞陽君の一面でせうけれど、真正面の句と言へば、

　　蝿とんでくるや簞笥の角よけて

ぢやないでせうかね。

虚子　［「明易し」の季題の置き方と「略」という語の使い方がホトトギス以外の人は分からない（敏郎）］それは仕方がない。

　　親切のマッチ明りが稲架てらす

虚子　［道でも尋ねたのかと思った（立子）］どうでもいいだらう。暗がりで道が悪いからと言つてもいゝだらう。

虚子　『親切のマッチ明りが』は、なんでもないけれど『稲架てらす』で、景色がはつきり出てゐる。

　最近景色よりも或感覚を表はさうとしてゐる句があるが、それは却つて感じが出ない。『親切のマッチ明り』だけぢや其感じが運ばれないが、『稲架てらす』でわかつてくる。

虚子　［これも省略がある（立子）］あるね。何げなく敍してある。写生文でもさうだ。

虚子　［『親切の』の省略が聞いているのか（敏郎）］省略であつて、技巧がある。

月の幸月に並べる星の幸

虚子　［虚子庵の観月句会。月は先生、星は弟子、共に幸福を感じていると（敏郎）］さう解釈しなければならんだらうか。

虚子　大空を見てをつて、月が出てゐて、そのまはりに星が瞬いてゐる。御互に幸福を感じ合つてゐる。と言ふのだらう。それだけのことだらう。

しづかなる駒の煙に北風ありや

虚子　［駒ヶ岳で旅行者の感慨がにじみ出ている（けん二）］さうでせうね。『北風ありや』は、一寸、どうかと思ふが、又考へやうによつては、うまく言つたとも言へる。

詩のごとくちらりと人の炉辺に泣く

虚子　［小諸の炉開きの時に出来た愛子がモデル（立子）］詩のやうな事柄であるとか、清い、純粋な、詩のやうな涙であると感じたものでせう。愛子が小諸に来たといふのは、よつぽどの努力であつたのでせう。

虚子　［ちらりとがうまいのか（敏郎）］『ちらりと』はまづいとは思はん。全体に、艶つぽい処があつて、杞陽君の好きさうな句だ。

生きてゐるうちはスキーを老紳士

虚子　［紳士を描いているが、老紳士は作者自身ともいえる。散文化しているように受け取れるが（けん二）］杞陽君自身の感じでもいいだらう。散文的とは受けとれませんね。高潮した感じ。平坦な敍しやうのやうに聞えるが、さうではない。

虚子　「あわれがある（立子）」さう。

虚子　［読む人によって随分解釈がいろいろになる（立子）］俳句は、さうなる傾きがある。

虚子　［そうすると新興俳句もよいことになるが（立子）］止むを得ないね。いけないと言つたところで自分でいゝと言へばそれまでだ。派を作つて、其仲間だけで楽しむといふやうになるぢやないか。絵にもさういふところがありはしないか。

＊

虚子　［絵を見てお父さんと私とは違う。経験の違いというか至る至らないという違いなのか（立子）］至る至らんといふこともあらうが、又、その人の好悪にも依る。

虚子　［唯、一致したのは、夢殿にある鑑真の像（立子）］西洋人も褒めているね。立子や私ばかりでない。

劇の如雪に稲妻しがなき吾

虚子　［あまりよくわからない（敏郎）］黙阿弥よりも、杞陽君の方が詩人だけれど。例の切られ与三郎が『しがねえ恋の……』といふせりふを言ひますね。今流行のお富さんだ。あれを勿論、知つてゐるんだらうと思ふが、それから来たといえば、杞陽君は気に入らぬかも知れんが。

虚子　［与三郎を連想しているわけか（敏郎）］其処までいふのは、言ひ過ぎかも知れない。

虚子　［与三郎の境涯と自分の境涯が通じるところがある（敏郎）］唯言葉を借りて来たに過ぎない。

秋風の日本に平家物語

春風の日本に源氏物語

虚子　二句並んで、はじめて価があるやうな句ですね。

虚子　全く種類の違つたものですね。共にあはれはあるんだが、源平といふ二字があるものだから並べて見たといふだけであらう。どちらを置きかへてもいゝわけだが、宮中だから春風、武家物語だから秋風と置いたまでゝあらう。それだけでいいんだらう。

虚子　［作ったものでしょうね（けん二）］さうですね。

菊の葉をのせたる菓子に感心し
小さなる裸子が如雨露やつと持つ

虚子 ［昔と違った口語調が入っている（けん二）］外の人にもさういふ傾向がありやしませんか。雑詠を見てをつても、さういふ感じがありますね。口語体の句も自然に出て来たといふ感じがしますね。

虚子 ［型が崩れちゃダメでしょうね（けん二）］そりや駄目ですね。でも見てゐて、これは俳句になつてゐると思へば採ります。

③星野立子《ほしの・たつこ》 研究座談会（33、27）

略伝――明治三十六年～昭和五十九年。高浜虚子の次女で、星野吉人と結婚。昭和元年から父の勧めで句作。五年に「玉藻」を創刊。4Sにならい、中村汀女、橋本多佳子、三橋鷹女とともに4Tと呼ばれた。句集に『立子句集』『笹目』『實生』など。なお、研究座談会では、立子句集『實生』を取り上げている（六十二回）がここでは取り上げなかった。

吾も春の野に下り立てば紫に

虚子 解釈したやうに思ふんだが。［自解もした（立子）］

虚子 春の野は五形花、菫、蒲公英の類が咲き満ちてゐる。色は様様だが、其中でも紫の色が強い。其上霞んでもゐる。其中に天使の如く降り立つた自分は又紫だ、と自負したやうな心持がある。子供らしい空想画とも言へる。

めぐりとぶ蝶に縛られをる思ひ

これも、立子の主観。蝶に縛られてゐるといふ。その飛んでゐる蝶と離れることが出来ない。……斯ういふ句は出来損つた時には困るが、うまく出来た時には、響きがある。

虚子 立子の句といふのは、景色を見て、其景色に対する主観が重きをなしてゐる。客観を描かうとして、先づ主観が濃く出るといふことになる。素十の句は純客観。立子の句は主観。けれども所謂主観句ではない。客観を描写しやうとするに当つて、主観が出て来る、といふのだ。

虚子 ［自然さと言うものが失われない（敏郎）］さうです。あく迄も客観から来てゐる主観、客観がなければ生れない主観ですから。

冷淡な頭の形氷水

虚子 ［禿頭（立子）］それはわからん。

虚子　［句集に出ている（立子）］女の子で変な髪の型をしてゐて、それが氷を飲んでゐるのかと思つた。

虚子　［髪でなく頭の形。家で奥さんをいじめるような（立子）］禿頭より、よつぽどい丶。（笑声）

蓋あけし如くに極暑の来りけり

虚子　［極暑の来た感じが実際よく分かる（けん二）］やつぱり客観写生から来てゐるんだね。

虚子　それでないと、青畝のはじめの時代のやうになります。主観をむき出しに出すのをやかましく言つたがために、『萬両』時代が生れたんだ。

虚子　［見たまま、そのまま、それでは不十分だろうけれど（立子）］矢張り感動がもとになることは間違ひない。感動がもとになつて、例へば、朝顔に感動して、さうして、それを実際から抜き出して来て描くんだ。

虚子　もう四五十年来のことだ。久保田万太郎君が、まだ放送局にゐる時分だつたと思ふが、いつ聞いてみても、客観写生ですね、と笑つたことがある。俳句で人を導くのには、一番大事なことだ。主観がい丶とでも言つたら、忽ち収拾がつかなくなる。

虚子　［景色が出てくるとそれだけだと思うのではないか（けん二）］それだけでは無いのだがね。

虚子　私が死んで後に、あなた方がしつかりしてゐればどうか知らんが、主観時代が来るかも知れぬ。主観ぢやなければ、詩ぢやないといふだらうね。でも、俳句はそれでは駄目だ。

虚子　［自然に対して触れ方が主観的になる（敏郎）］自然に触れるといふと……

虚子　［人間的感情を出さうとする（敏郎）］歌から来てゐるのであらう。歌は客観を描いてそれに伴ふ主観を陳べる。俳句は感情は秘めて置く、それは自然にわかつて来るのを待つ。俳句は禅の言葉のやうだ。

虚子　［鑑賞法を研究することが必要だ（けん二）］さうですね。あなた方は、よく説明してやるんですね。かういふ鑑賞があるといふやうに。

虚子　［結局鑑賞法が問題だ（敏郎）］それが一番大切なことでせう。実際の句について研究するのですね。最近は実際の句を離れて理論遊戯に陥つてゐるものがある。

虚子　［先生から直接話をうかがえて幸福だと思う（けん二）］ほんとに、さう思ひますか。理論的に承服しかねる処はありませんか［ありません（敏郎）］。

虚子　俳句では、かういふことは、可能だ、かういふことは、不可能だといふことがある。

虚子　俳句の特殊な処、外の文芸とは違ふ処。

虚子　［文学を教えるとき俳句は別だと教える（敏郎）］根本は季題でせうね。十七字、季題によつて起る特殊性を。

虚子　俳句は季題の詩である。日本だけのものであると考へればいい。伝統をつゞけてこゝまで来たものだ。我々は、それを受けついで伝統芸術を守るのだ。西洋にはないものだ。と、誇らしく考へていいんですよ。

虚子　［俳句が特殊なものだといふ自負は持っている（けん二）］　それでいゝのです。

晩涼のましろき蝶に今日のこと
ホッケーの球の音叫び声炎帝

虚子　ホッケーの句は解釈したやうに思ふが。
虚子　［していない（立子）］　さうかね。ホッケーは覚えてゐるが、晩涼は覚えてゐない。
虚子　［とても印象的だ（けん二）］　どんな感じか言つてないけれど、夕方になつて、白い蝶を見た感じが、何か淋しい感じが出てゐる。

＊　　＊

虚子　手際よく云はれてゐる。さつきのホッケーの句も、ホッケーをやつてゐるときの感じが出てゐる。
虚子　技巧といふと語弊があるが、うまく叙されてゐる。
虚子　終ひに『炎帝』と云つた処が破格であるが効果がある。
虚子　客観の事実が叙してあるけれども、主観がある。
虚子　［自分は主観の句と思わない、一生懸命客観の句を作っていた（立子）］　それでいいんだ。

この旅の思ひ出波の浮寝鳥

虚子　[岩木躑躅がほめた（立子）] さうだ。躑躅がほめてそれから僕が賛同したんだ。

虚子　[リズムがいい（けん二）] リズムとおつしやいましたが、リズムは大事ですね。

昨日より今日怖ろしき秋の雲

虚子　唯、秋の雲だけが、目にうつゝてゐる。秋の雲だけが、著しくうつる。昨日見た秋の雲は怖ろしくなかつたけれど、今日は怖ろしいといふ風に。

虚子　[自動車の旅行で、ただ秋の雲しか見えない（立子）] ブラジルは知らんけれど、満洲でもそんな感じだつた。

虚子　ひろ〲とした感じが出てゐる。内地の景色ぢやない。

虚子　北海道にも、かういふ景色はない。

虚子　[最近の句は、表面は平凡といえば平凡、主観的ではない（けん二）] どういふ句ですか。

[けん二、左の三句を例示]

遠望や雨上りたる春の海

春雨の海より晴れて来るところ

その中に急ぎの人も花下ゆきゝ

虚子　春の海を描いた句としては先づ蕪村の

春の海ひねもすのたり〳〵かな

を思ひ出します。春の海の動いてゐる景色を描いて、よく感じが出てゐます。立子の方は、今迄は雨が降つてゐる為に、雲に覆はれてをつたのが、その雲が、段々晴れて来て、沖迄見えるといふ静かな春の海を描いてをる。

虚子　［春の海が遠くまで見えるといふこと（けん二）］さうですね。高い所から見下ろしたといふ感じです。

＊　＊

虚子　［「遠望」の句が一番分かるような気がする（けん二）］普通の人が、解釈する時に平凡だといふかも知れませんね。『ひねもすのたり〳〵かな』の方が言葉の綾がある。この句の方が、自然で、おだやかといふ感じがするが。

現し世を日々大切に更衣
娘とは嫁して他人よ更衣

虚子　［老境を感じる句であり、さらっとした美しさが感じられる（敏郎）］そんな感じがある。

現し世を日々大切に更衣

は、別に老境を佗しいとも苦しいとも思はないで、あるがまゝに、大切に老境を過してゆくといふ心持が出てゐる。

虚子　［「娘とは嫁して」は概念的な感じがあるが実感が強い（けん二）］さういふ感じはあるものだが、それを『嫁して他人』と言ひ切つたことは珍らしいと思ふ。

虚子　［そういう気持ちになることがちょいちょいある（立子）］やつぱり、娘が可愛いいからさ。

わが処すること分かりかけ日短

虚子　従来の立子流の句かな。

虚子　［素十のように主観を入れないのは難しい（立子）］そりやさうだよ。立子は立子の句を作らなければ。併しいろいろ試みて見るのもよからう。

たんぽぽと小声で言ひてみて一人

虚子　［新しい句だ（敏郎）］面白いと思つて、記憶に残つてゐますね。

虚子　かういふ句には、立子自身が出るんだ。

＊　＊

虚子　［『俳句への道』の客観写生の項目の中で、到り着くところは客観描写であるといっているが（けん二）］立子の句でも、もう少し進めば、客観描写の句になりやしないかとと思つて居ます。あゝいふ句が生まれるとは思はなかつた。親子といふ関係からでなく、私の説くところからあゝいふ句が生まれたとは不思議です。素十の句の傾向は不思議に思はなかつたけれども、立子のは不思議に思つてゐます。女性だからかも知れませんね。風生の句は私と略同じ方向なので驚きませんが。

虚子　［たんぽゝの句は主観句ですね（けん二）］主観ですね。しかし、主観といつても、心の中でこしらへたものではないですね。矢張りその場合、起つた自分の心持を、他人の如く見てそれを写生するのですから、広い意味に於ける客観描写といふ中に入れていゝかも知れません。

④松本たかし　まつもと・たかし　研究座談会（56）

略伝――明治三十九年～昭和三十一年。錦華小学校卒。宝生流能役者長《ながし》の長男であったが、病のため能役者となることを断念。大正十二年に虚子に師事。昭和二十一年「笛」を創刊主宰。ライバルの茅舎は耽美な作風からたかしを「芸術上の貴公子」と呼んだ。句集に『松本たかし句集』『鷹』『石魂』など。

春潮の底とどろきの淋しさよ

虚子　『淋しさよ』がどうかと思ふ。『春潮の底とどろき』まではずつときたんだけれど、『淋しさよ』が弱い。

虚子　その場で出来た句が、うまいのでは無いか。女人群像、天竜渓谷はうまい。あゝいふのは非の打ち処が無い程うまい。この『淋しさよ』は弱い。

春月を濡らす怒濤や室戸岬

虚子　［いかがですか（桃邑）］さうですね。『春月を濡らす怒濤や』といふのははつきり出てゐないと思ひます。水平線の向ふに春月が波に没したり現はれたりしてゐるのですかね。大空にかゝつてゐる春月を云つたんですかね。

虚子　［大きな春月と激しい怒濤（けん二）］さうかな。

虚子　［波から春月が出た処だ（敏郎）］さうだと『濡らす』は仰山すぎる。

虚子　［古風だ（立子）］二十三年の頃はあまり体力が十分でなかつた時代かも知れん。面白くないですね。

吹き落ちし枯枝ちらばり滝氷る

氷りたる滝ひつ提げて山そゝる

氷りたる滝の柱に初音せり

虚子　人にもよるが、強ひて感興を呼ばうとしてもなか〳〵出来るものではない。

山荘の初花月夜富士著く

虚子 どうも富士山が我々の目の前に現はれてきませんね。『山荘の初花月夜』はいゝけれど。

逸り鵜の手縄のさばき柔かに

虚子 「逸り鵜」「猛り鵜」は俳人の造語か（桃邑）」たかしは研究したんだらう。

虚子 「鵜飼は変化が多く瞬間的（立子）」見物さす所とさうで無い所とは違つてゐるらしい。

虚子 「鵜飼の句としてはいゝ（立子）」よく研究してゐるんだらうね。

荒鵜ども用意成りたりいで鵜匠

虚子 『荒鵜ども』は謡にある言葉でせう。

潜《かづ》き泛く鵜らの濁声《だみ》鮎乏し

虚子 「「潜き泛く」はどういふ意味か（立子）」謡にある文句だ。

み仏に紅葉置くなる微妙音《みめうおん》

虚子 「「微妙音」が分からない（立子）」仏典にあるかどうか知らんが、兎に角仏の徳とか慈悲を伝へるといふのではないか。さう難しい文句ではないだらう。
虚子　『紅葉置くなる』は紅葉の葉を置くことだらう。その積る時の音だらう［そうですか（けん二・立子・敏郎）］。
虚子　宵闇に漁火鶴翼の陣を張り
たかしが昂奮して作つた句と思ひます。
宵闇に漁火鶴翼の陣を張り
漁火繞《めぐ》り星辰転ず岬夜長
海中《わたなか》に都ありとぞ鯖火もゆ
の三句共面白いと思ひます。
虚子　例の安徳天皇……。
海中に都ありとぞ鯖火もゆ
虚子　一字一句も変へる事が出来ないやうな気がするね。
五の池の五眼霧来て盲ひたる
虚子　悪い句では無いけれども、さきの足摺岬の句［「宵闇に」の句］の方がよい。

虚子　［亡くなるまで毎年必ず旅行をした。旅によって詩心は高まった（けん二）］さうですね。

眠りゐる檜山は餘木あらしめず

虚子　檜山は全部檜の山であらう。

木曽谷の日裏日表霜を解かず

虚子　『日裏日表』とも霜が下りてゐるといふのだらう。たかしは病身であつたけれど、非常に気の強い処があつた。その気の強い処が表はれるとい〻句になるね。

虚子　［病気のためか（立子）］衰へてゐる時はい〻句の出来ん事は自分でも知つてをつたらう。

虚子　［特別の変化はあるか（けん二）］別に変化したとは思ひません。従来の俳句と同じですね。

虚子　［本当の俳句作家の態度だ（けん二）］兎に角、たかしの句に接すると我が家に帰つたやうな気がします。

第9章　戦前の調和法と戦後の「われらの俳句」

虚子の戦前の俳句入門書は、明治三十一年四月刊『俳句入門』から始まり昭和十年十月刊『俳句読本』まで十数冊にわたる（戦後のものは序章に述べた）が、本編との関係で最も重要なものは、実は沢山ある俳書の中でも『俳句の作りやう』（大正三年十一月刊）なのである。

●大正三年十一月刊『俳句の作りやう』……大正二年十一月〜三年九月「俳句の作りやう」と付録「俳諧談」

「俳句の作りやう」

書誌――ホトトギスに連載後、大正三年十一月に同題で「俳諧談」を付録に付けて刊。後に、更に『俳句とはどんなものか』と合冊して刊行される。『俳句とはどんなものか』『俳句の作りやう』は昭和十八年に絶版となるまでに一〇〇版以上を重ねたという。初出では、「五、初心の時の句作法一つ」が「埋字」となっている。

構成――次の目次構成となっている。

一、兎に角十七字を並べて見る事
二、題を箱でふせて其箱の上に上つて天地乾坤を眺めまはすといふ事
三、ぢつと眺め入る事
四、ぢつと案じ入る事
五、初心の時の句作法一つ
六、古い句を読む事・新しい句を作る事

補注――「六ヶ月間俳句講義」（大正二年五～十月連載。『俳句とはどんなものか』と改題されて大正三年三月刊）と「俳句の作りやう」でセットになって書かれたものであるため、「六ヶ月間俳句講義」で書かれた要素論（十七字・季題・切字論等）は殆どなく、その先の「これだけでは不満足だから、何か今少し気の利いた句を作る法はないか」に答えるものとなっており、具体的には配合・調和論となっている。「二、題を箱でふせて其箱の上に上つて天地乾坤を眺めまはすといふ事」が配合法を述べ、「三、ぢつと眺め入る事」と「四、ぢつと案じ入る事」が調和法を述べている。

「俳諧談」

書誌――明治末年に紙上（出典不明）に載せた俳句談という。後にまとめた本では「大正三年稿」となっている。『俳句の作りやう』が刊行される際に付録として載ったのが最初に公表されたものである。「俳句の作りやう」以外の虚子の俳句入門書と殆ど似たような標準的な構成とな

っており、取り立てて目新しい点はない。「六ヶ月間俳句講義」等大正初期の俳句入門書に先立つ内容である。

構成――次の目次構成となっている。

・十七字／季／切字／聯想／天然趣味／人生尊重／背景ある俳句／大主観／俳句趣味

余り馴染みのないこの本がそれ程重要であるということは少し意外かもしれないので、その理由を子規の生前に溯って丁寧に説明してみよう。

＊

子規が亡くなる直前、碧梧桐は子規の配合論、虚子の音調論、この二つが明治三十四年の俳句界における問題となっていたと述べている。実際、虚子自身も子規存命中に、子規と反目があったことを述べている。つまり子規は虚子の俳句を挙げて、配合の無い句が多く、ただそのものの性質を詠じており、それでは陳腐にみえてしまいほとんど句の巧拙良否を見る前に棄ててしまう傾向にある。自分は、句を作るにも選をするにもすべて標準を配合に置いている、虚子の句もその基準からいくとやはり配合が陳腐だということになるのだ、というのである。

余は今迄陳腐な材料でもいひ現しやうで斬新にもなるし、平凡な配合でも調子によつていきいきとした句になると斯う思つてゐたのだが、子規君の極端な配合論を聞いて更に一方面を開き得た様に覚える。

子規君の話に自分の節はあまり傾き過ぎてゐるかも知らぬが、併し今日は此説を主張する必要があると思ふ云々。

冷静なる子規君の如き人が「配合」に工夫を積まるると同時に余の如き熱しやすいものが兎角「調子」の方に重きを置きたがるのは恐く致し方のない事であらう。余の句における嗜好の尚子規君と一致する事の出来ぬ点がいくらかあるのも亦止むを得ぬ事であらう。

（虚子「配合」明治三十四年四月）

以上のような抽象的な議論ではあまり読者の共感を得られないので具体的な句会における例を眺めてみよう。いずれも子規存命中の、配合論と調子論の対立が生まれた頃の談話である（拙著『伝統の探求』より引用）。元々文語調のやりとりであるが、生き生きとしたやりとりを示すために拙著『伝統の探求』に従い原文ではなく現代語による会話体で示してみた。多くの調子・句法を見れば、彼らの批評における関心がどこにあったかよく分かるのである。

【明治三十四年十二月八日碧梧桐庵にて】

餅花は寒の内なる柳かな　　癖三酔

碧梧桐　歳時記を見ると「児女、小丸の餅を枯枝に張ってこれをもてあそぶ。これを餅花というと十二月の冬の部に出てくる。今でも我々の家で寒餅をつくとこれを柳の枝にぶつぶつ付けてそれを花を挿したように花活けまたは承塵《なげし》等に吊っておくことがある。それをかく句法を巧みにして言うので、強いてよい句でもないが、ただそれだけのことだと思う。

虹原、三子　これでは何のことやら分からぬ。

虚子　こういう句法は僕らの感じでは近頃できたので、君が少しの間、会に出ないから珍しく変に思うのであろうが、馴れてみればそうでもない。

虹原　少し会に出ないから馴れないため変に感ずるというような句法はあまり好ましくないと思う。

虚子　それを否定した場合には、我々の句は琴柱《ことじ》に膠したようなもので、到底発達しないじゃないか。かかる句法が俳句全体の上から是か非かということはここで言うのではない、こういう言い表し方もあるものとしてこれを肯定して決して差支えない。僕らもはじめは変に思ったが、今ではこういう句法の発明されたのをむしろ喜んでいるのである。すなわち、わが俳句界の領分が調子の上にいくらか広げられたので、その是非はしばらくおき、おおいに歓迎すべき現象だと思う。

三子　私は元来言い方で句を面白くするということを好みませんが、こういう句法も実は言葉を弄するばかりで、無益なことだと思う。

虚子　これはけしからん。絵で言っても、同じ鶯に梅というような配合でも、その配置とか色彩によって巧拙も分かれ、また鶯に梅というような配合ほど陳腐なものはないが、それでも今日それを描いてどんな絵でも必ず悪いということはない。それと同じで、俳句にも調子というものがある以上は、普通に言って詰まらん場合に調子でそれを面白くするということはなにも怪しむべきことではない。

もちろん一概に虚子のみが調子・句法を唱え、子規、碧梧桐が反対した訳ではないが、句会の実際の評価に当たって「調子」が如何に重みを持っていたかを承知しておきたい。そして虚子が配合派ではなく調子派であったことは間違いないのである。ちなみに、子規の短歌の弟子である伊藤左千夫は写生に反対し、調べを尊重しており、長塚節が写生を尊重したこととの例から推しても、子規の門葉は写生に対していくつかの傾向に分裂していたようである。

＊

さて子規の没後、虚子はこの配合問題を前述の大正三年の『俳句の作りやう』で写生に関連して、「配合法」と「配合に重きをおかぬ方法」とに対立させて議論していく。

「配合法」とは右の「配合論」に述べた通りであり、一つの題で句を作るのに〈あまりその題に拘泥すると動きがとれなくなるので、その題を離れていい配合物を求め、そしてその配合物と季題を結びつけて句を作る〉方法だという（そして虚子は「斯く申す私の如きも此種の句作法は余り自分では実行しない」と述べている）。

そして、もう一つの方法は、〈配合などには重きを置かず、ある題の趣に深く深く考え入って、執着に執着を重ねて、その題の意味——趣味——の中核を捕えて来ねば止まぬという句作法〉であるという。

此後者（配合に重きをおかぬ方法）の句作法を更に二つに分けて見る事が出来ます。其一は目で見る方で、〈ぢつと眺め入る事〉であります。其二は、心で考へる方で、〈ぢつと案じ入る事〉であります。

けれども私に取つては此「ぢつと眺め入る事」と「ぢつと案じ入る事」との上に、此場合、其程大きな隔てを置き度くはないのであります。尤も此処に特に其二つだけを取り出して較べたならば、其は全然反対のものとも考へられる位大いなる距離を持つてゐるものともいへますが、例の「配合法」を生命とする句作法を一方に置いて其と比較を取つて見ると、此の一見相離れてゐる如き両者は俄に近よつて来て、殆ど両者は一体となつて「配合法」と相対立するやうな状態となるのであります。たとひ中の二字は「眺め」「案じ」と変つてゐても「ぢつと」「入る」といふ主要な文句が共通であることが自然此の結果を産むことになるのであります。「或るものを取つて来て配合する」といふ事と、此「ぢつと眺め／案じ入る」といふ事とは心の働きからいふと二大別して考へることが出来るのであります。

だから虚子の言う写生も、じっと見ることだけではなく、じっと案ずることが含まれる。引用した文章にも、写生に注して、「写生といふものは何でも目で見たものを其ままスケッチすればいいといふ風に心得てゐる人がありますが、そんな軽はずみなものではありません。」と述べている。やがて「じっと案じ入ること」を究極の写生として「燃焼」を述べるのである。

取捨選択を作者の頭の中の燃焼作用といひます。

下等な俳句になりますとこの燃焼作用が行はれることが少なくて何事もありのままに写さうとします。けれども佳い俳句になると、こんな燃焼作用が十分に行はれてゐて、無駄なものは一切省き、有用な事がらだけを力強く叙してゐる傾きがあります。省略法といふことはこの燃焼作用の外に現れたものであります。（「写生の話」昭和三年八月）

燃焼作用は斯くの如く、無用なものを焼き尽くしてただ主要なものをとどめて置くの謂であります。要するに頭の中で燃焼するといふ意味でありますから、十分に頭の中で自分のものにして、こなして、之を現すの謂であります。なまの儘で吐き出して、材料や言葉を並べ

立てるといふことは、所謂燃焼を経ないことになるのであります。（同右）

この「じっと眺め／案じ入る」方法を私は仮に「思案法」と名付けてみたい。「じっと眺め／案じ入る」――つまり思案するとは何のためかといえば、新しい配合を得るためではなく、平凡でない表現を見出すこと――言いかえれば調子、句法を攻めること、「いひ現しやう」を工夫すること、燃焼させ無駄なものは一切省くことにあったのである。

＊

こうして得た「じっと案じ入ること」という詠法を虚子は弟子に期待するだけでなく、自分でも実践する。そうして得られた句が、次の虚子一代の名句なのである（余談ながら、山本健吉は名著『現代俳句』の初版を虚子のこの句をもって始めている。これは健吉にとって「現代俳句」の始まりなのであった）。

帚木に影といふものありにけり

そして嬉しいことにこの句については、読売新聞の紙上で虚子自身が「帚草」と題して、その生成過程を膨大な字数を費やして記述しているのである（昭和五年八月三十日・九月二日）。ここでは、従来の月並みな写生の姿は微塵もなく、「じっと案じ入ること」によって生まれる名句生成のプロセス（つまり燃焼過程）が明らかとなるのである。詳細は拙著『伝統の探究〈題詠文学論〉――俳句で季語はなぜ必要か』（平成二十四年、ウエップ刊）六十一―六十四頁をご覧頂きたい。

＊

以上を読まれた読者は、これが第1章に述べた虚子の戦後俳句史の基準と無縁でないことを理解されるであろう。前述した『虚子俳話』で、「研究座談会」のメンバーが取り上げている「②格調、調子、リズムに関するもの（単純化・具象化を含む）」の項目の一部を取り上げてみる（文末は『虚子俳話』における表題と、そこに掲げられた新聞掲載日付の表記）。「虚子の戦後俳句史」で、虚子がとった選句基準と合致するものがあるように思われるからである。

俳句は極端に文字を省略する。その省略に妙味がある。そのため切字も必要になつて来る。俳句らしき調べも自然に極まつてくる。

（「俳句らしき格調に誇りを持て」三〇・四・一〇）

短く叙して、長く響くことを志すべきである。即ち余韻、余情を尊とむべきである。

（「いひおほせて何かある」三〇・七・三）

私等はこの句（長々と川一筋や雪の原　凡兆）から単純化され圧縮されたその景色の自ずからなる広がり、また単純化する強力な作者の心を感ずる。

（「単純化する強力な心」三二・一二・一七）

比較的単純化の出来てゐる句は面白く、単純化の出来てゐない句はつまらなかつた。又具象化の出来てゐる句は面白く、具象化の出来てゐない句はつまらなかつた。俳句は簡単なのが武器である。長所である。……単純化され、具象化され、描写の的確な俳句は面白く、徒に複雑混迷であり、又描写の技の幼稚なものはつまらなかつた。

（「単純化、具象化」三二・一・一五）

或る描かれた、具象した、小天地を通じて、自然にその思想を汲み取る事が出来る。

（「具象化（再び）」三二・一・二九）

昔から現在に至るまで虚子は自分の調和法・詠法を維持していたのだ。詠法とは「われらの俳句」の詠法である。勿論虚子のこのような鑑賞基準は、子規や碧梧桐の基準を排斥するものであるかもしれない。しかし虚子及びその門葉がつくり出した大正以来、昭和、戦後に至るまでの名句はおおむねこの虚子の基準によって評価されてきたのだということを理解しておきたい。それは花鳥諷詠よりはるかに古い基準であったのである。

【参考】「玉藻」研究座談会目次

回	掲載年月	表題・小見出し	備考
		【敏郎・けん二・泰・遊子・桃邑出席】	
1	昭和27年12月	「主観句」「人生とは」「ホトトギスの主観句と以外の主観句」	
2	昭和28年1月	「抒情詩・叙景詩・象徴詩」「日常性・卑近性・即興性」「季題」「題材・都会・田舎」「結び」	
3	2月	「花鳥諷詠の意味」「季題諷詠詩」「花鳥諷詠の精神」「花鳥諷詠の新しさ」	
4	3月	「子規の俳論・虚子の俳論」「断言派子規」「子規の学問」「子規の世界（思想）」	
5	4月	「歌よみに与ふる書」「当時の歌壇」「三十一文字の高尚なる俳句」「復古的革新」「子規の歌」 「簡単の美・複雑の美」「生活の歌」「和歌の調子・俳句の調子」	
6	5月	「俳人蕪村」「時代」「積極的美」「客観的美」「人事的美」「理想的美、複雑的美、精細的美」	
7	6月	「用語・句法・句調・文法・材料」「蕪村の近代性」	
8	7月	「俳句の発生・短歌の発生」「俳句及び短歌に対する子規の考へ」「俳句の客観性・短歌の主観性」	
9	11月	「新傾向概要」「無中心論」	
10	12月	「青年の苦悩と焦燥」「他の文学に現れた苦悩と焦燥」「短歌にはどう現はれるか」「俳句にはどう現はれるか」	
11	昭和29年2月	「子規の芭蕉観」「啓蒙家子規」	
12	3月	「子規と虚子」「芭蕉観種々」	

13	昭和29年4月	**【以後虚子出席】**「子規庵の正月」「子規の書と画」「子規との初対面」「子規の写生」「触目・吟行のことなど」「新聞俳壇など」	泰
14	5月	「明治二十年代」「俳句叙景詩論など」「碧梧桐のことなど」「写生文」	泰
15	6月	「最近の小説」「口語文の普及とホトトギス」「花鳥諷詠」「前書といふこと」「明治四十年時代」	泰
16	7月	「俳人格説」「その作品」「挨拶と滑稽」	泰▲
17	8月	「挨拶といふこと」「贈答句」「俳句と連句」	
18	9月	「花より実」「季題・季題趣味」「伝統文学」「滑稽といふこと」「戦後の俳論」	立
19	11月	「紅葉・鷗外・露伴」「文学界のこと・明治と昭和」	立泰
20	12月	「子規門下・漱石門下の人」「花袋・秋声」「昔の鎌倉・芥川のこと」「白樺派から現在」	立泰
21	昭和30年1月	「ラヂオ・映画・小説」「画家」「宗教家・書のこと」「詩人」「歌舞伎・新劇」「学者・政治家—軍人・財界人など」	立泰
22	2月	「文学の分類」「俳句の位置」「和歌と俳句」	泰
23	3月	「客観写生」「抽象・象徴」「季題」「抒情詩」	泰
24	4月	「批評」「俳句の批評は解釈」「句日記の俳句から」「俳句の調子」	泰遊
25	5月	「写生論のはじめに」「子規時代の写生」「碧梧桐の写生」	
26	6月	「短歌に於ける写生説」「写生の歌」	
27	7月	「客観写生」「抽象・象徴」「季題」「ものとこと」「客観写生」「根源俳句」	
28	8月	「加藤楸邨」	立泰遊
29	9月	「石田波郷」「川端茅舎」	立泰遊

30	10月	「中村草田男」	立泰遊
31	11月	「高野素十」	立
32	12月	「京極紀陽」	立
33	昭和31年 1月	「星野立子」	立
34	2月	「秋元不死男」	立
35	3月	「西東三鬼」「平畑静塔」	立
36	4月	「能村登四郎」	立遊
37	5月	「飯田龍太」「沢木欣一」「古沢太穂」	立遊
38	6月	「桂信子」「細見綾子」「野沢節子」	立遊
39	7月	「峡田みつ子」「木村蕪城」「波多野爽波」	立遊
40	8月	「下田実花」「中山碧城」「保田白帆子」「湯浅桃邑」	立遊杞
41	9月	「丸橋静子」「下村梅子」「中井冨佐女」「高田風人子」	立遊杞
42	10月	「文化使節として」「インド（外寝の句）」「インド（印度人のことなど）」「アラビアへ」「イタリー」「フランス」「季題のこと」	立遊桃
43	11月	「野見山朱鳥」「神田敏子」「左右木章城」「吉良比呂武」「中口飛朗子」	遊桃
44	12月	「国弘賢治」「泉千代」「今井千鶴子」「野見山ひふみ」「依田秋葭」「上野泰」	立遊桃
45	昭和32年 1月	「季について」「十七字詩」「俳句性・俳諧性」「俳句本質論」「俳句本質論」	
46	2月	「鳳作の句・辰之助の句」「無季論」「金子兜太」	立遊
47	3月	「社会性俳句の二三」「季題の利用」「草田男の場合」	立遊
48	4月	「大島民郎」「楠本憲吉」	立遊草
49	5月	「嶋田摩耶子」「嶋田一歩」「成瀬正とし」「丸井孝」「杉本零」「井上花鳥子」	立遊

50	6月	「津田清子」「高柳重信」	立遊桃
51	7月	「北光星」「小林康治」「目迫秩父」	立桃
52	8月	「赤城さかえ」「金子兜太」「佐藤鬼房」	立桃
53	9月	「水原秋桜子」	立桃
54	10月	「山口誓子」	立桃
55	11月	「阿波野青畝」	立桃
56	12月	「松本たかし」	立桃
57	昭和33年 1月	「山口青邨」	立桃
58	2月	「富安風生」	立桃
59	3月	「日野草城」	遊
60	4月	「飯田蛇笏」	遊
61	5月	「大野林火」	遊
62	6月	「立子句集「実生」」「初雪（若杉）」「初雪（ゆかり）」	立桃遊
63	7月	「年尾句集」	立桃遊
64	8月	「「玉藻」六月号雑詠」	立桃遊
65	9月	「「ホトトギス」五月号雑詠」	立桃遊
66	10月	「季題の文学への疑義」「単純化・間といふこと」	立遊
67	11月	「格調といふこと」「具体的に」	立遊
68	12月	「句日記—昭和二十六年」	立桃
69	昭和34年 1月	「句日記—昭和二十七年」「二十八年」	立桃
70	2月	「句日記—昭和二十九年」「昭和三十年」	立桃

71	3月	「大入札」「岸田稚魚」「宇佐美魚目」「加畑吉男」	立桃
72	4月	「『玉藻』十一月・十二月号雑詠」	立桃
73	5月	「『ホトトギス』十月・十一月号雑詠」	立桃
74	6月	「鈴木花蓑」「『ホトトギス』一月号」	立桃遊
75	7月	「西山泊雲」「『ホトトギス』二月号雑詠」	立桃遊
76	8月	「田中王城」「『玉藻』一月号雑詠」「『玉藻』二月号雑詠」	立桃遊
	昭和33年5月	番外「『虚子俳話』に学ぶ」（桃邑・敏郎・けん二・遊子）	

注1 資料は、「玉藻」昭和三十六年九月号の目次に依った。

注2 高浜虚子・清崎敏郎・深見けん二は毎回出席（ただし、▲十六回は虚子欠席）。備考にはそれ以外の出席者（立＝星野立子、泰＝上野泰、遊＝藤松遊子、桃＝湯浅桃邑）、特別な参加者（杞＝京極杞陽、草＝中村草田男）を符合で掲げた。二十二回、二十三回には、出席者に遊子がいるが、発言はない。

注3 座談会の実施日で判明しているのは、十三〜十五回は昭和二十九年一月六日、十六〜十八回は昭和二十九年四月二十三日、十九〜二十一回は昭和二十九年六月四日、二十二〜二十四回は昭和二十九年九月十日、七十四〜七十六回は昭和三十四年二月九日である。

注4 十一〜十二回は子規の「芭蕉雑談」評、四十二回は立子の文化使節訪問の句評、六十六〜六十七回は「虚子俳話」評、七十一回「大入札」は役者の合同句集。

本書所収の引用文中に、今日の人権意識に照らし不適切な表現が見受けられるが、当時の時代背景と当該の発話者が故人であることを考慮し、初出時のままとした。

あとがき

平成二十三年から本井英主宰「夏潮」の別冊「虚子研究号」が毎年刊行されており、私も毎号寄稿させていただいている。特に平成二十六年（第四号）からは「虚子による戦後俳句史」と題して、虚子が戦後作家を論じた座談を資料に連載を開始したが、これが本書の中心となっているものである。こうした地味な論考に発表の機会を与えていただいた本井英氏に、まずこの場を借りて感謝申し上げたい。

この論考の発端は、更に古く、平成の初め、『能村登四郎読本』の編集に参加したとき、登四郎文献をまとめるにあたって虚子が能村登四郎——更に広く戦後俳句作家——を「玉藻」誌上「研究座談会」で詳細に論じているのを発見し、いつか機会があればこれを全体としてまとめてみたいと思っていたものである。今回貴重な「研究座談会」を利用させていただいた「玉藻」主宰星野高士氏、名誉主宰星野椿氏に厚く感謝申し上げる。

虚子には、生涯に渡り多くの俳論・俳談がある（「虚子研究号」平成三十年（第八号）に掲載予定の「虚子における俳句入門体系」で詳説した）が、その中でもこの「研究座談会」は特別な価値を持っている。その中から、戦後俳句に関する虚子の言説を抜粋したものがこの論考である。ただ単に歴史研究に終わらせないために、当時研究座談会に参加していた深見けん二氏、深夜叢書社の齋藤愼爾氏、そして精力的に虚子研究を進めている「夏潮」主宰の本井英氏に参加していただき座談会を行い、文字となっていない虚子の周辺も伺わせていただいた。特に深見氏には多くの資料も提供していただいた。明年、没後六十年を迎える虚子の新たな研究に役立てば幸いである。

このように大半が虚子及び虚子をめぐる関係者の方々の言説であるので私の著述というよりは、編纂物という方がふさわしい。しかしその分だけ、記述には客観性があると考えている。

平成三十年は「研究座談会」で取り上げられた最後の作家、金子兜太氏が亡くなったこともあり戦後俳句の大きな節目となったと考えている。そもそも戦前・戦後の現代俳句史は高浜虚子と金子兜太を抜きにしては語ることができない。既に戦後の兜太については幾つか著作を著わし今後も書く予定であるが、それと併行して、欠落していたと考えられる戦後の虚子を考える機会を得たことは、戦後俳句史を研究するためにも幸運なことであった。ご協力を頂いたすべての方に感謝申し上げたい。（三月記）

筑紫磐井

編著者プロフィール

筑紫磐井　つくし・ばんせい

昭和二十五年東京生れ。一橋大学在学中に「詩歌」「沖」入会。その後攝津幸彦を知り、「豈」入会、後編集人・発行人。句集『野干』（平成元年）、『婆伽梵』（平成四年）、『筑紫磐井集（花鳥諷詠）』（平成十五年）、『我が時代』（平成二十六年）。評論集『飯田龍太の彼方へ』（平成六年）〔俳人協会評論新人賞〕、『定型詩学の原理』（平成十三年）〔正岡子規国際俳句賞特別賞〕、『標語誕生！』（平成十八年）、『伝統の探求』（平成二十四年）〔俳人協会評論賞受賞〕、『二十一世紀俳句時評』（平成二十五年）、『戦後俳句の探求』（平成二十七年）、『季語は生きている』（平成二十九年）等。編著『現代百名句集（一〇巻）』（平成十六年）、『俳句教養講座（三巻）』（平成二十二年）等。俳人協会評議員、日本文藝家協会会員。

虚子は戦後俳句をどう読んだか

埋もれていた「玉藻」研究座談会

二〇一八年八月三日　初版発行

編　者　筑紫磐井

発行者　齋藤愼爾

発行所　深夜叢書社

郵便番号一三四―〇〇八七

東京都江戸川区清新町一―一―三四―六〇一

info@shinyasosho.com

印刷・製本　株式会社東京印書館

ISBN978-4-88032-447-0 C0095

虚子は戦後俳句をどう読んだか
埋もれていた「玉藻」研究座談会

二〇一八年八月三日　初版発行

編　者　筑紫磐井
発行者　齋藤愼爾
発行所　深夜叢書社
郵便番号一三四―〇〇八七
東京都江戸川区清新町一―一―三四―六〇一
info@shinyasosho.com

印刷・製本　株式会社東京印書館

ISBN978-4-88032-447-0 C0095